AMATISTA

Alicia Steimberg

AMATISTA

Erotische Lektionen

Aus dem Spanischen
von Veronika Schmidt

Eichborn Verlag

Titel der Originalausgabe:
AMATISTA, Tusquets Editors, Barcelona

Die Deutsche Bibliothek – CIP-Einheitsaufnahme

Steimberg, Alicia:
Amatista : erotische Lektionen / Alicia Steimberg. Aus dem Span. von Veronika Schmidt. – Frankfurt am Main : Eichborn, 1992
ISBN 3-8218-0355-X

Umschlaggestaltung: Uwe Gruhle unter Verwendung einer Zeichnung von Detlef Survey.
Gesamtherstellung: Fuldaer Verlagsanstalt GmbH.
ISBN 3-8218-0355-X
Verlagsverzeichnis schickt gern:
Eichborn Verlag, Hanauer Landstraße 175, D-6000 Frankfurt 1

KAPITEL EINS

»Es war ein Alphabet aus durchsichtigen, wechselnden, verschnörkelten Buchstaben, auf eine Leinwand projiziert. Ich verfolgte Buchstabe um Buchstabe und verlief mich im Labyrinth der Schnörkel wie auf längst vergessenen Pfaden, bis ich zu dem U kam. In dem U war ein Nest, gepolstert mit rosafarbener Seide aus dem Kleid einer maskierten Frau. Es war ein Alphabet aus Initialen, wie sie manchmal in alten Märchenbüchern einen neuen Absatz einleiten; das R hätte aus einem Abschnitt über das Rhinozeros in einem vergilbten Nachschlagewerk stammen können.

Das Rhinozeros ist ein kleines Tier aus Bronze. Es lebt in einem Regal der Bibliothek und kennzeichnet den Platz, wo die russischen Autoren stehen, die aus Nebel Figuren erschaffen.

Hören Sie gut zu, Doktor, denn selbst ein Mann von Welt wie Sie braucht es manchmal, daß man ihm Geschichten erzählt. Setzen Sie sich auf diesen Sessel, in den sonnigen Winkel am Fenster, bewahren Sie Haltung, knöpfen Sie sich die Hose auf und streicheln Sie sich sanft, während Sie mir zuhören. Amatista steht mit dem Rücken zu Ihnen, sie betrachtet sich im Spiegel, damit Sie sie von hinten und von vorne sehen können, und auch ich kann Sie, von meinem Platz in der gegenüberliegenden Ecke des Raumes aus, im Spiegel sehen, vorschriftsmäßig gekleidet, mit dem Glied in Ihrer Hand.

Vergessen Sie Ihre eheliche Bindung und begeben Sie sich auf Pfade, auf denen sich Schnee und Schlamm vermengen und wo man nicht weiß, wann fester Boden beginnt. Drehen Sie sich um, wortgewaltiger Doktor Rechtsverdreher, der Sie sich so gewandt auszudrücken wissen und der Sie Worten soviel Bedeutung beimessen; ich werde Ihnen einen Rosenwassereinlauf machen. Widersetzen Sie sich nicht, machen Sie keine Eingabe, versprechen Sie mir nicht, daß Sie nach dem Aktenvorgang suchen werden, drehen Sie sich einfach nur um und ziehen Sie sich die Hosen hinunter.

Draußen ist es kalt, denn es ist Winter in Buenos Aires, aber in diesem Zimmer ist es schön warm, denn nachmittags scheint die Sonne herein.

Die Sonne scheint, sie leuchtet und erlischt dann wie ein Feuerwerk, jetzt aber wärmt sie, und Sie fühlen sich wohl, weil Sie wissen, daß ich Ihnen nach dem Rosenwasserklistier eine große Kirsche in den Arsch schieben werde. Spielen Sie weiter mit Ihrem Glied, während Amatista ihre Brustwarzen vor dem Spiegel liebkost. Und jetzt, Doktor, packen Sie Ihr Glied ein Weilchen weg, knöpfen Sie sich die Hose zu, kommen Sie zu dem Tischchen und gießen Sie uns zwei Gläser Whisky ein. Ein goldener Schimmer über dem Eis.

Amatista streichelte Pierre Gesicht und Haare und sagte dazu Wörter, süß wie Honig. Sie sagte ›Alphabet‹, und ihre Zunge suchte die Zunge Pierres. Ihre Brustwarzen sind erigiert, das Innere ihrer Vagina ist feucht. Nehmen Sie jetzt wieder in Ihrem Sessel am Fenster Platz und streicheln Sie sich. Amatista zieht Schuhe und Schlüpfer aus und masturbiert. Dabei stellt sie sich vor, daß sie den Hosenschlitz von Pierre, dem Stallburschen, aufknöpft. Ihre Finger gleiten durch die warme Feuchtigkeit, betasten die fleischigen Blütenblätter und die rosa Knospe. Es sind doch nur Wörter, es ist doch nur das Wort ›Wort‹. Erotik ist empfindsam wie eine Lilie, sie ist ein Meisterzug bei einem anspruchsvollen Schachspiel. Ein Geschenk des Himmels senkt sich auf Körper, Blicke, Wörter, und alle Figuren verteidigen eifersüchtig ihren Platz. Dann wachsen die kleinen Bauern, werden zu Türmen und Pferden, die

Dame welkt dahin, der König altert, der Läufer verliert den Glauben. Und dann Adieu, süße Feuchte, adieu Duft nach frisch gebackenem Brot! Es bleibt nur die verwelkte Lilie am Ufer des ausgetrockneten Bachlaufs.

Noch einen goldenen Schimmer über die Eiswürfel im Glas? Der Penis ist erigiert, die Brustwarzen sind hart, das Innere der Vagina ist feucht. Datteln aus dem Heiligen Land sind mit nichts anderem zu vergleichen als mit Datteln aus dem Heiligen Land. Wenn dem nicht so wäre, woher wüßten Sie sonst, daß die Finger, die Sie berühren, meine Finger sind? Daß es meine Zunge ist, die Ihre Zunge sucht? Jetzt sind wir in einem Reich von Fingern, Lippen und Wörtern. Was geht Ihnen durch den Kopf, während meine Hand Sie streichelt?

Wir gehen einen Weg entlang. Ihr Arm liegt um meine Schultern, mein Arm liegt um Ihre Taille. Der tote Buchstabe liegt hinter uns. Die Weide steht im Saft des Lebens, des kurzen Lebens, natürlich, des vergänglichen Lebens. Wir gehen zu einem Beerdigungsinstitut und bestellen einen Sarg, um das bronzene Rhinozeros zu begraben. Gefällt Ihnen dieser?«

»Nein, er ist sehr teuer.«

»Es gibt noch andere Ausführungen. Dieser hier ist billig, aber edel. Das hier ist der allerbilligste.«

»Warum nehmen wir nicht den billigsten?«

»Der billigste hat seine Nachteile. Es könnten Gerüche des Verstorbenen austreten.«

»Kaufen wir also den in mittlerer Preislage, und sei es auch auf Raten. Ich möchte nicht, daß der Geruch des Toten austritt.«

»Jetzt sind wir wieder in dem warmen Zimmer, Doktor, und Sie sitzen in Ihrem Sessel am Fenster. Wie ich sehe, sind Sie ergraut, aber die grauen Schläfen stehen Ihnen sehr gut und betonen Ihre jugendlichen Gesichtszüge; nein, nicht die Krawatte lockern, ich liebe korrekt gekleidete Herren mit aufgeknöpftem Hosenschlitz und dem Glied in der Hand.

Amatista liebkost das feuchte Innere ihrer Rose und stellt sich vor, daß sie Pierres Hosenschlitz aufknöpft und seinen erigierten Penis berührt, sie berührt ihre jungen Brüste, kommen Sie nur näher, Doktor, lassen Sie ihre Fingerkuppe über die Blütenblätter und die Knospe wandern und umfassen Sie mit der anderen Hand kräftig Ihr Glied. Ein Adler mit Menschenhänden kommt zum Fenster hereingeflogen und hebt Amatista in die Lüfte, sie wird fallen, aber nein, sie wird nicht fallen, denn ein paar Ziegen mit menschlichen Händen halten sie an den Hüften fest; alle fliegen, jetzt schwebt Amatista in der Luft.

Es wird Abend. Amatista ist im Garten, Sie können sie sehen, Doktor, wenn Sie zum Fenster hinausschauen. Sie hängt an einem Ast und schaukelt mit gespreizten Beinen, ohne Schlüpfer, wohlgemerkt. Sie hat feste, runde Brüste und ein seidiges Dickicht auf ihrem Venushügel. Mit dem Glied in der Hand sieht Pierre ihr beim Schaukeln zu. Amatista läßt sich hinabgleiten und setzt sich ins Gras.

›Zeig mir, wie du es machst‹, fordert sie Pierre auf.

Pierre formt einen Ring aus Daumen und Zeigefinger und legt ihn um seinen hübschen Penis. Amatista schaut ihm fasziniert zu und reibt dabei rhythmisch ihre Knospe. Die halbwüchsige Amatista, die alles mitangesehen hat, kommt auf die erwachsene Amatista und auf Pierre zu.

›Ich will das machen‹, schlägt sie Pierre fröhlich vor.

›Laß das, Amatista‹, schimpft die große Amatista. ›Du bist doch noch ein Mädchen‹.

Aber Amatista, die jüngere, nimmt das Glied Pierres in ihren Mund. Eifersüchtig hockt sich die erwachsene Amatista über Pierres Gesicht. Der Adler mit den Menschenhänden hebt das Trio in die Luft, und alle, auch die Ziegen, fliegen über das Dorf hinweg, sie schweben in großer Höhe, über Baumwipfeln und Kirchturm, und verschwinden in der Ferne.

Die kleine Amatista ist allein in ihrem Zimmer, sie liegt im Bett, auf dem Rücken, ihr Rock ist hochgeschoben und die Kuppe des Mittelfingers liegt noch auf der Rosenknospe. Sie steht auf, zieht sich Schlüpfer und Schuhe an und geht ins Eßzimmer. Auf dem Tisch steht ein knuspriger Apfelkuchen.

Wie fühlen Sie sich, mein lieber Doktor? Gefällt Ihnen die Geschichte? Lassen Sie jetzt Ihr Glied los und atmen Sie tief durch. Die Spielregeln sind Ihnen ja bekannt: Wenn Sie merken, daß Sie kurz vor der Ejakulation sind, unterbrechen Sie die Masturbation, atmen Sie tief durch und denken Sie an etwas anderes. Je mehr Sie sich bemühen, meinen Ratschlägen zu folgen, desto eher wird ihr Versuch von Erfolg gekrönt sein. Das ist eine ganz einfache Übung, sich zurückzuhalten, das ABC der Masturbation und des befriedigenden Beischlafs, das wunderbare Alphabet. Haben Sie sich beruhigt? Sehr gut. Machen Sie sich keine Sorgen, wenn nach derlei Unterbrechungen die Erektion ein wenig nachläßt; ihre volle Kraft wird bald zurückkommen. Entspannen Sie sich, lauschen Sie der Fortsetzung der Geschichte und lassen Sie sich Zeit, bevor Sie weiter masturbieren.

Die große Amatista stand vor dem Spiegel, versunken in den Anblick ihres sonnengebräunten Körpers. In einem Winkel des Zimmers lag ein Spinnenei. Die Spinne sprengte die Hülle, schob sie beiseite, lief auf ihren acht Beinen los und stach Amatista in den Fuß. Amatista fühlte eine plötzliche Benommenheit, kaum daß sie ihr Bett erreicht und sich auf den Rücken gelegt hatte, fiel sie schon in einen tiefen Schlaf. Die Spinne krabbelte Amatistas Bein hinauf, lief über ihre Hüfte zum Bauch, kroch über den Nabel bis zu dem gelockten, seidigen Dickicht, versteckte sich zwischen den Haaren und blieb reglos sitzen.

Es war ein Sommermittag, und die Sonne schien durch das halboffene Fenster herein. Draußen der goldene Sand und das blaue Meer. Die große Amatista lief den Holzsteg entlang, sie trug einen weiß und blau gestreiften Badeanzug mit knielangen Beinen. Rhythmisch schwenkte sie die Hüften und murmelte dazu:

›Arsch hin, Arsch her, Arsch hin, Arsch her.‹

Ein eleganter Kavalier mit Monokel erklärte:

›Sehr anständig.‹

Amatista und der Kavalier fuhren im Boot spazieren, dicht vor einer russischen Küste.

›Hier ist der Sommer kurz‹, sagte der Kavalier. ›Gehen wir doch in Ihre Kajüte, da werde ich Sie bitten, das Unterteil Ihres Badeanzugs auszuziehen.‹

In der Kajüte angekommen, zog der Kavalier sich die Hosen bis zu den Knien hinunter und setzte sich auf einen Diwan. Amatista legte das Unterteil des Badeanzugs ab, setzte sich rittlings auf den Schoß des Kavaliers und führte dessen erigierten Penis zum Eingang ihrer Vagina.

Später ruhten sich der Kavalier und Amatista, beide nackt, im Bett aus.

›Erzähl mir von deiner Kindheit‹, schlug Amatista vor.

›In meiner Kindheit war ich ein sehr hübsches kleines Mädchen‹, sagte der Herr. ›Ich hieß Mariolina.‹

Die kleine Amatista und Mariolina liefen über einen Strand mit buntem Sand.

›Später werden wir uns wiedertreffen‹, sagte Mariolina. ›Du wirst ein Mädchen mit runden Brüsten und honigfarbenem Haar sein und ich ein Kavalier mit Monokel und erigiertem Penis.‹

In diesem Augenblick erhob sich ein kräftiger Wind, und die Sandstreifen wirbelten in bunten Kreisen durcheinander.

›Kommt zurück, Mädchen‹, rief die Kinderfrau von der Hotelterrasse. Amatista und Mariolina rannten unter dem schweren, grauen Himmel, und die Sandkörner bekamen wieder ihre natürliche Farbe. Unter Donnern und Blitzen erreichten die Mädchen das Hotel. Sie durchquerten die Eingangshalle und klopften an eine Zimmertür.

›Ich kann jetzt nicht aufmachen, ich reibe mich gerade mit Kampferspiritus ab‹, antwortete von drinnen eine Stimme.

›Falsche Zimmernummer‹, sagte Mariolina.

Eben waren sie im Begriff, an die nächste Tür zu klopfen, da öffnete sich diese von selbst, und die beiden Mädchen fielen bäuchlings auf den Boden. Draußen war der Himmel wieder klar, die Sonnenstrahlen fielen waagerecht durch das halboffene Fenster und beschienen den nackten Körper der großen Amatista, die im Bett auf dem Rücken lag, in tiefen Schlaf versunken. Die kleine Amatista und Mariolina rappelten sich auf, schlossen die Tür und gingen zu dem Bett.

›Laß sie‹, sagte die kleine Amatista, als sie sah, daß Mariolina eine Hand ausstreckte, um die Schlafende anzufassen. ›Das bin ich selbst.‹

Die im Schamhaar von Amatista versteckte Spinne versuchte, zur Leiste zu entkommen, aber Mariolina hatte sie schon entdeckt.

›Sie ist lebendig‹, sagte sie und packte sie vorsichtig an einem Bein. Schnell warf sie sie zum Fenster hinaus.

Amatista erwachte aus ihrem Schlaf, sah die Mädchen an und fragte: ›Woran denkt ihr jeden Tag?‹

›An die Geschlechtsteile der Männer‹, antworteten die beiden im Chor.

›An was noch?‹ fragte Amatista.

›An die Geschlechtsteile der Frauen‹, antworteten die Mädchen.

›Und was glaubt man, woran ihr denkt?‹

›An Algebra, die Religionen Indiens, die französische Sprache und die Tropenwälder.‹

›Raus hier‹, schrie die große Amatista, sprang aus dem Bett und schob die Kinder zur Tür, während die kleine Amatista versuchte, ihr ein verdächtiges Fläschchen unter die Nase zu halten und bei Mariolina die ersten Schamhaare auf dem Venushügel sprossen.

›Raus, raus‹, schrie Amatista, machte die Tür auf und warf sie mit Fußtritten aus dem Zimmer. Die Mädchen fielen im Knäuel auf den Teppich im Flur, und Amatista schlug mit lautem Knall die Tür zu.

Lieber Doktor, ich muß die Schilderung kurz unterbrechen. Wie ich sehe, läuft alles wunschgemäß: gleichmäßige Atmung, sanfte Masturbation, nichts pressiert. Machen Sie bitte weiter so. Kommen wir nun auf das Alphabet zurück: Ein großes A, kursiv, durchsichtig, leuchtend, verschnörkelt, mit manchmal klaren, manchmal verschwommenen Konturen, das B, das C . . . , dann geraten die Buchstaben durcheinander, tanzen, vermischen sich, bis sie den Raum betritt. Sie oder er, das ist schwer zu sagen, denn trotz der straffen, runden Brüste, der gelockten blonden Haare, des stark geschminkten Gesichtes mit künstlichen Wimpern und aufgemalten Schönheitsflecken, der grellrot geschminkten Lippen und der türkisfarbenen Lider gibt der hochgeschlitzte Rock beim Gehen ein Paar muskulöser, behaarter Beine frei. Das Geheimnis dieses aufreizenden Wesens schlägt uns in seinen Bann, denn es ist Frau und Mann, Mann und Frau.

Was ist los, Doktor? Sind Sie erregt? Beachten Sie, wie er-sie sich im Takt der Musik bewegt, sich dreht, den Rock schürzt, um uns den runden Arsch zu zeigen, sich wieder dreht und sich neigt, damit wir seine Brüste sehen können, wie er-sie lacht mit seinem geschminkten Mund und uns in die Duftwolken seines starken, berauschenden Parfums einhüllt; langsam, Doktor, wie ich sehe, ist er groß und erigiert, hat sich ganz aus dem Schlitz herausgeschoben, gehen Sie behutsam mit ihm um, immer ruhig, er-sie dreht sich um fünfundvierzig Grad, jetzt öffnet sich der Rockschlitz und zeigt uns das muskulöse, behaarte Bein, jetzt stellt er-sie sich vor uns, zeigt den erigierten Penis, der sich unter dem Rock wölbt, dreht sich wieder und zeigt noch einmal sein Gesäß, und jetzt tänzelt er-sie davon.«

»Ich möchte zum Höhepunkt kommen, Señora.«

»In Ordnung, Doktor, tun Sie sich keinen Zwang an, steigern Sie Ihr Tempo, bis Sie Ihren Saft vergießen.

Lassen Sie uns hinausgehen, Doktor. Um diese Zeit ist die Stadt menschenleer, und die Straße, die zum Strand führt, beginnt schon um die nächste Ecke. Es trifft sich gut, daß Sie ihre eleganten Sachen ausgezogen haben und statt dessen Shorts und T-Shirt tragen. Auch der Strand ist menschenleer. Gehen Sie barfuß durch den Sand, wir wollen bis ans Wasser laufen. Geben Sie mir Ihre Hand.«

»Señora . . .«

»Ja, Doktor?«

»Manna fällt vom Himmel.«

»Und was tut man, wenn Manna vom Himmel fällt?«

»Man schaut nach oben und macht den Mund auf, Señora.«

KAPITEL ZWEI

»Das Feuer knistert im Kamin. Doktor, es tut gut, in einem gemütlichen Zimmer zu sitzen, wenn es draußen schneit. Die Spielregeln schreiben heute vor, daß Sie sich nackt ausziehen und sich bäuchlings auf das Bett legen, ja, richtig so, entspannen Sie sich und hören Sie die Fortsetzung der Geschichte. Beachten Sie die Spielregel: nicht umdrehen, und, wenn möglich, reglos liegen bleiben, die Hände legen Sie in Höhe der Schultern auf das Bettuch. Ich werde eine köstlich duftende Lotion aus Pfirsichkernöl benutzen. Bei der ersten kühlen Berührung werden Sie erschauern, aber schon bald wird meine Massage sie erwärmen. Ich werde in dem Zwischenraum zwischen Zehen und Sohle des linken Fußes anfangen. Meine Finger werden jeden einzelnen Zentimeter Ihrer Haut besuchen. Von den Fußsohlen aus werden sie Ihre Beine entlang wandern, hier und da innehalten, dort ein wenig drücken, ganz nach meiner Eingebung, bis sie die intimen Falten und Zonen erreichen.

Amatista

Amatista trank in dem Nachtlokal Las Violetas gerade einen Alexander. Sie leerte das Glas bis zum letzten Tropfen, rief den Kellner, bezahlte und ging zu den hinteren Räumlichkeiten des Nachtlokals. Sie trug ein wundervolles Kleid aus blauem Crêpe-Georgette, das auf der Brust mit Pailletten bestickt war, und dazu passende Handschuhe, die bis zum Ellenbogen reichten. Entschlossen schritt sie auf eine Tür mit der Aufschrift PRIVAT zu, öffnete sie und trat ein, ohne angeklopft zu haben. Hinter ihr schloß sich die Tür von selbst. Amatista befand sich in einem quadratischen Raum, dessen Mobiliar ausschließlich aus einem Diwan und einigen Kissen bestand, die über den dicken Teppich verstreut lagen. Wie Sie sich schon denken können, Doktor, lag auf dem Diwan Pierre, der Stallbursche, und er war splitternackt. Als er Amatista erblickte, richtete er sich auf und präsentierte ihr seinen erigierten Penis. Halten Sie still, Doktor, dies ist ein entscheidender Augenblick. Ich streiche mit meinen Fingerspitzen durch die Mulden unter Ihren Hinterbacken, bis ich zu einem zentralen Punkt komme, einem Scheitelpunkt, der Linie vom Ritz zwischen den Hinterbacken bis zu den Eiern, und verzeihen Sie die umgangssprachliche Ausdrucksweise. Bitte machen Sie die Beine ein klein wenig breiter, damit ich sie ganz leicht berühren kann.

Jetzt wird mein Finger wie ein Hauch durch Ihre Furche huschen. Eine leichte Berührung der Wirbelsäule, und schon statten meine Finger dem heimlichen Ort den nächsten Besuch ab.

›Zieh deinen Schlüpfer aus, Amatista‹, sagte Pierre.

Amatista zog ihn aus und warf ihn und auch ihre Handtasche in eine Ecke. Dann hob sie den Rock des pastellblauen Kleides und hockte sich über Pierre. Mit ihrer behandschuhten Hand führte sie den erigierten Penis an den Eingang ihrer Vagina. Entschuldigen Sie die Fachwörter, Doktor, und drehen Sie sich bitte langsam um. Denken Sie daran, daß Sie jetzt nicht masturbieren sollen. Wunderschön, Ihr erigierter Penis, und auch Sie selbst sehen wunderschön aus, mit ihren geschlossenen Augen und der leicht beschleunigten Atmung.

Amatista und Pierre begannen sich ohne Hast zu bewegen. Amatista hob und senkte sich über Pierres Körper, ihr pastellblaues Kleid war bis zum Gürtel hinaufgeschoben.

›Zieh die Handschuhe aus, Amatista‹, bat Pierre leise.

Ohne ihr Auf und Ab zu unterbrechen, zog Amatista ihre Handschuhe aus und warf sie auf den Teppich. Sie hob sich und senkte sich wieder. Pierre hob sein Becken leicht an und drang tiefer in sie ein. Amatista stöhnte, hob sich und senkte sich wieder, und noch einmal, und wieder, und schneller und immer schneller, und heftiger und jetzt, ja, Doktor, wichsen Sie. Pierre ejakuliert. Amatista läßt sich neben Pierre fallen und reibt sich energisch die Klitoris, denn sie ist noch nicht zum Höhepunkt gekommen, sie reibt, versenkt dann und wann den Finger in die Vagina, kehrt zur Klitoris zurück, jetzt, jetzt Doktor, masturbieren Sie kräftig, bis Sie zum Höhepunkt kommen.

Es tut mir leid, Doktor, daß das Ende so nach Fußballreportage klang. Manchmal passiert das bei der Beschreibung eines Orgasmus. Sehen Sie mir bitte auch nach, daß Amatista und Pierre nicht gleichzeitig kamen, aber das geschieht selten. Wer noch nicht gekommen ist, befriedigt sich selbst, und damit hat sich die Sache.

Amatista und Pierre blieben auf dem Diwan in dem als PRIVAT gekennzeichneten Raum des Nachtclubs Las Violetas liegen und plauderten. Auch Amatista war jetzt splitternackt. Pierres Finger spielten mit dem Schamhaar des jungen Mädchens.

›Woran denkst du?‹ fragte Pierre.

›An Minnie‹, antwortete Amatista.

›Wer ist Minnie?‹

›Die Freundin von Micky.‹

›Micky Maus?‹

›Ja, ich sehe Micky Maus, seine Freundin

Minnie, Donald Duck, die Kuh Clarabella und Schneewittchen.‹

›Was hat Schneewittchen da zu suchen?‹

›Ihr Bild stammt aus derselben Feder.‹

Pierres Zeigefinger erforschte gründlich das Innere von Amatistas kleinem Heiligtum, wo ihn neue, warme Säfte freudig willkommen hießen.

›Was tun alle diese Comic-Figuren?‹

›Sie spielen, sie schäkern.‹

›Haben sie Geschlechtsorgane?‹

›Nein, sie haben statt dessen kleine weiße Handschuhe.‹

Amatista löste ihre Hand aus Pierres Schamhaar und bewegte sie, die weiße Taube, auf den Penis zu, bis sie ihn beinah berührte. Die Spitze ihres Zeigefingers war nur noch den Bruchteil eines Millimeters von der Vorderseite entfernt, dicht an der Spitze. Atmen Sie jetzt tief durch, Doktor, denn ich werde meine ganze Hand um Ihren Penis schließen, und ich möchte nicht, daß Sie gleich zum Höhepunkt kommen. Amatista hat sich auf den Bauch gelegt, und Pierre streichelt ihre Lendengegend. Pierre hat sich aufgerichtet und ist nun in seiner ganzen kernigen Pracht zu sehen, man muß bedenken, daß er ein Stallbursche ist, auch wenn er die Raffinessen des Liebesspiels beherrscht, als sei er ein Prinz. Amatista selbst lehrte ihn diese Kunst. Zuerst nahm sie ihm seine Jungfräulichkeit. Man sollte es kaum glauben, aber Pierre war mit achtzehn Jahren noch unberührt, und das ist für einen Jungen vom Lande ungewöhnlich. Er war jedoch sehr schüchtern und hatte die letzten fünf Jahre als Stallbursche in einem Kloster gearbeitet. Man kann sich unschwer vorstellen, wie sehr ihn das plötzliche Auftauchen Amatistas beeindruckt haben mußte, nachdem er fünf Jahre ausschließlich in Gesellschaft der greisen Mönche verbracht hatte, ohne eine Frau auch nur zu Gesicht zu bekommen.

Pierre hatte Amatista zum ersten Mal im Refektorium des Klosters gesehen, wo sie an dem langen Tisch saß und einen knusprigen Kuchen verzehrte. Es war an einem heißen Sommernachmittag um drei Uhr, und alle hatten sich in ihren Zellen zu einer ausgedehnten Siesta niedergelegt. So konnte Pierre sich zwar sicher fühlen, andrerseits war Frauen das Betreten des Klosters streng verboten, und sollte einer der Mönche aufstehen und sie entdecken, so lief Pierre Gefahr, seine Stelle sofort zu verlieren. Außerdem war Pierre sehr gehemmt, und er wagte es nicht, sich diesem wunderschönen, vornehmen jungen Mädchen zu nähern, er, der ungehobelte Bauernbursche. Amatista war mit ihrem Kuchen so beschäftigt, daß sie Pierre nicht kommen hörte, und dieser verhielt sich so lange still, bis Amatista alles bis auf den letzten Krümel vertilgt hatte. Dann erst schaute sie auf. Beim Anblick dieses bäuerlichen jungen Mannes, der da vor ihr stand, hatte sie nur einen einzigen Gedanken.

›Wie heißt du?‹ fragte sie.

›Ich bin Pierre, der Stallbursche‹, antwortete er.

›Wo hast du dein Lager, Pierre?‹

›Mein Lager?‹ fragte Pierre verblüfft.

›Ja, dein Lager. Schläfst du etwa nicht in einem Winkel im Stall?‹

Pierre, der sich nicht einmal in seinen kühnsten Träumen mit einer Frau auf seinem Lager gesehen hatte, stammelte etwas von einem Verschlag in einer Ecke des Kuhstalls. Als sie dort angekommen waren, zog Amatista, ohne auch nur eine Sekunde zu zögern, ihre weiße Bluse und ihren weiten, violetten Rock aus, den sie für den einsamen Ausflug aufs Land ausgewählt hatte. Büstenhalter und Schlüpfer waren aus besticktem Atlas. Auch das zog sie vor Pierres erstaunten Augen aus. Als Amatista dann Pierre wieder anblickte und sah, daß er noch immer angezogen und in Holzpantinen vor ihr stand, brach sie in Gelächter aus.

›Komm, beginnen wir gleich mit der Hauptsache‹, wies sie den armen, zitternden Pierre an. ›Lassen wir den Vogel frei.‹

Und schneller, als Worte erzählen können, knöpfte sie ihm den Schlitz der Hose aus grobem Tuch auf und befreite den schon zu voller Größe erigierten Penis. Amatistas flinke Bewegungen überrumpelten Pierre derartig, daß ihm nichts weiter übrigblieb, als sein Glied mit der rechten Hand festzuhalten, gerade, als ob er es verstecken wolle.

›Beruhige dich‹, lachte Amatista, während die Spitze des Mittelfingers ihrer rechten Hand bereits zu ihrem gewohnten Platz an der Klitoris flog. Pierre stand mit dem Glied in der Hand neben dem Lager und sah wie in Trance Amatista zu, die ihre halboffene, feuchte Rose rieb.

›Zieh Hemd und Hose aus, Pierre‹, befahl Amatista, ohne ihre Tätigkeit zu unterbrechen. ›Und erschrick nicht, du mußt heute nicht in mich eindringen. An deinem Benehmen sehe ich, daß du noch Jungfrau bist. Komm, leg dich zu mir‹, fuhr sie fort, ›ich werde dich nicht zwingen. Es wird genauso sein, wie wenn du dir selbst einen runterholst.‹

Sobald Pierre mit geschlossenen Augen rücklings auf seinem Lager lag, begann Amatista ihn zu masturbieren, sehr behutsam am Anfang, doch nach und nach wurden die Bewegungen ihrer Hand, die den Penis umschloß, immer heftiger und schneller. Auch Pierres Atmung wurde schneller und schneller, bis er schließlich keuchte. Da nahm Amatista ihre Hand weg. Sobald sie fühlte, daß Pierre sich beruhigt hatte, fing sie von neuem an. Dieses Verfahren wiederholte sie mehrfach, und während Pierre ausruhte, masturbierte Amatista sich selbst. Als sie noch darüber nachdachte, ob sie diesem ungehobelten Bauern so viel Achtung schuldig sei, neigte sich Pierre plötzlich über sie, schob ihre Hand, die sich an der Rose zu schaffen machte, beiseite und drang kraftvoll, jedoch nicht roh, in sie ein.

Sehr gut, Doktor, wie ich sehe, haben Sie nichts überstürzt, sondern Sie haben verstanden, Ihren Saft zurückzuhalten, so wie es sich für ein menschliches Wesen gehört. Das macht den Unterschied zwischen einem Mann und einem niedrigeren Wesen, nämlich seinen Samen zurückhalten zu können.

Pierre nahm Amatista so überraschend, daß ihr nichts anderes übrigblieb, als das Auf und Nieder mitzumachen, die Vagina zusammenzuziehen, wenn Pierre tief in sie hineinstieß und locker zu lassen, wenn er sich ein bißchen zurückzog, um dann erneut in diesen köstlichen Tunnel zu tauchen. Sie tat jedoch nichts, um seinen Höhepunkt hinauszuzögern, und nach wenigen Stößen hielt Pierre, an ihren Körper geschmiegt, inne und stöhnte heftig. Als er sich neben sie fallen ließ, ließ Amatista ihn ein Weilchen ausruhen, und dann ergriff sie seine Hand, um sie zu der immer noch fiebernden Rose zu führen. Aber Pierre brauchte keine Führung. Freudig überrascht spürte Amatista, daß die Kuppe von Pierres Mittelfinger sich mit großer Sicherheit in ihrer kleinen, weichen, feuchten Geografie bewegte, Liebkosung und Reibung perfekt abstufte und sie mühelos zum Höhepunkt brachte.

Ein paar Sekunden später ertönten fünf Glockenschläge. Wie eine Feder schnellte Pierre von seinem Lager auf, denn um halb sechs schon pflegten die Mönche zum Tee in das Refektorium zu kommen. Wenn Amatista nicht sofort verschwände, würden die Mönche, die überall aus ihren Zellen strömten, sie erwischen.

Minuten später huschte Amatista wie der Blitz durch die Klosterpforte, und Pierre nahm seine Arbeit wieder auf, als wäre nichts geschehen.

Wie ich schon sagte, vergnügten sich Pierre und Amatista in dem als privat gekennzeichneten Zimmer im Nachtclub Las Violetas. Wieviel Zeit war seit jener ersten Begegnung im Kloster vergangen? Nicht sehr viel, aber Pierre war nicht mehr so rotwangig, und seine elegante, sportliche Kleidung, die er achtlos auf den Teppich hatte fallen lassen, erklärte zur Genüge, warum er in diesem

Nachtclub nicht auffiel, trotz der Kundschaft aus betuchten Damen und Herren mittleren und reiferen Alters, die Hesperidiana, Fernet und gemischtes Eis zu sich zu nehmen pflegten.

Es stimmt, Doktor, Pierre lebt nicht mehr im Kloster, sondern in der Stadt, und er ist zu einem kultivierten jungen Herrn geworden. Schauen Sie Pierre und Amatista nur zu, Doktor. Sie sitzen jetzt nicht mehr auf dem Sofa, sondern auf dem dicken Teppich in dem kleinen Zimmer. Pierre lehnt mit dem Rücken an der Vorderseite des Sofas, vor ihm sitzt Amatista und wendet ihm den Rücken zu, wie bei zwei Ruderern im gleichen Boot. Pierres Hände umfangen je eine der stolzen Brüste Amatistas, und Amatistas Hinterbacken ruhen auf Pierres Weichen. Der Penis (von Pierre, versteht sich) steckt tief in der Vagina (von Amatista, versteht sich auch). Was jedoch kein Auge sehen kann, ist die kräftige Muskelkontraktion in Amatistas Unterleib, einschließlich des Schließmuskels, eine Kontraktion, die einige Sekunden anhalten wird, während derer Pierre lustvoll den Druck auf sein Glied wahrnehmen wird. In dem Augenblick, in dem sie den Druck lockert, wird Amatista sich ein wenig von Pierre lösen, so daß der Phallus fast bis zum Eingang der Vagina hinausgleiten kann. Dann wird Pierre Amatistas Brüste für einen

Moment loslassen, sie statt dessen bei den Hüften packen und seinen Penis wieder tief in ihrem Inneren versenken... langsam, immer langsam, Doktor. Wir wollen uns das in der Praxis ansehen. Lassen Sie mich bitte den Phallus mit meiner Hand führen. Sehr gut, ganz tief hinein. Jetzt die ruhende Phase mit der Muskelkontraktion. Diese Übung kann man mit tiefen Atemzügen begleiten, wobei man beim Einatmen den Atem in den Unterleib lenkt und zum Munde wieder ausatmet. Atmen Sie ein, während der Phallus eindringt. Halten Sie den Atem an, solange ich die Muskeln anspanne. Atmen Sie langsam durch den Mund aus, während ich ein wenig nachgebe, so daß der Phallus hinausgleiten kann, aber er soll nicht vollständig hinausgleiten. Dringen Sie jetzt wieder mit viel Einfühlungsvermögen und behutsam ein. Als Pierre in die Tiefe vorgestoßen ist, umfaßt er wieder Amatistas Brüste und massiert die Brustwarzen mit den Daumen, während im warmen, feuchten Inneren Amatistas der köstliche Druck auf seinen Penis zunimmt.

Ruhen Sie sich aus, lieber Doktor, wir wollen von dem Sommer sprechen, den Pierre und Amatista auf dem Land verbrachten. Pierre war in seine gewohnte Umgebung zurückgekehrt, allerdings nicht zu den Mönchen. Sie bewohnten ein Haus in der Pappelallee und benahmen sich wie zwei Wilde. Wenn sie es nicht gerade miteinander trieben, legten sie sich in die Sonne und masturbierten. Manchmal sah Pierre, wenn er sich zwischendurch im Schatten eines riesigen Baumes ausruhte, Amatista in Begleitung eines Kavaliers mit Monokel vorbeigehen, der nicht weniger nackt und nicht weniger kultiviert war als sie.

Als Amatista eines Tages unbekümmert umherspazierte, versunken in die Betrachtung von Vögeln, Blumen und Früchten, umschlang der Monokelkavalier sie von hinten, seine Hände pressten ihre Brüste. Pierre beobachtete, während er masturbierte, wie Amatista sich im Sonnenschein auf der Wiese ausstreckte und zu masturbieren begann, anscheinend kam sie damit einer Bitte des Kavaliers nach, der ihr zuschaute und dabei im Stehen masturbierte, ohne daß ihm das Monokel herunterfiel. Danach legten sich Amatista und der Kavalier neben Pierre unter dem riesigen Baum zu einer Siesta nieder, und Amatista träumte, sie wären mitten in einem Haufen nackter Menschen. Die Körper dieser Menschen waren alle sehr angenehm anzusehen, wenn auch nicht von vollendeter Schönheit.

Zwei junge Männer trugen auf ihren verschränkten Händen ein Mädchen zwischen sich. Dessen Hände lagen auf den Schultern der jungen Burschen, ihre Sitzfläche schmiegte sich in ihre Handflächen. Die Augen des Mädchens waren geschlossen, der Mund geöffnet, es stöhnte leise. Eine Frau brachte einem Jungen bei, wie man masturbiert und dabei die Ejakulation hinauszögert. Sie saßen sich gegenüber, und jedesmal, wenn sie merkte, daß seine Bewegungen schneller wurden, nahm sie ihm die Hand fort. Über ihren Köpfen flatterten zwitschernd ein paar Vögel. Ein Mädchen schaukelte an einem Ast. Unter ihr stand ein Junge, und jedesmal, wenn das Mädchen über den Jungen hinwegschwang, berührte seine Zunge das Innere der halboffenen Rose. Grüppchen aus verschiedenen Personen wälzten sich wonnevoll im Gras, purzelten durcheinander, Hände langten hier nach einem Penis, da nach einer Brust, forschende Finger schoben sich zwischen fleischige Lippen von feuchten Rosen.

Die Dämmerung brach herein. Amatista sah im Traum den Monokelkavalier. Seine sonst so strengen Züge waren weich geworden. Er warf sein Monokel in die Luft. Statt nun eine Kurve zu beschreiben und dann herunterzufallen, flog das Monokel immer höher, bis zu einer rosa Wolke, in der ein Engel eine Leier schlug. Sein erigierter Penis verfing sich zwischen den Saiten.

›Du kommst mir wie gerufen‹, rief der Engel aus und fing das Monokel im Flug auf. ›Ich bin derart kurzsichtig, daß ich nie genau weiß, ob ich eine Saite der Leier oder meinen Penis berühre, und so überkommen mich höchst unheilige Gefühle.‹

›Gräm dich nicht‹, schaltete sich von einer Nachbarwolke aus ein anderer Engel ein, der gut sehen konnte. ›Jedes einzelne unserer Körperteile ist von dem Allmächtigen selbst erschaffen worden. Folglich sind sie allesamt Wunder. Ist es denn vielleicht kein Wunder, wenn das, was vorher so schlaff und klein war, plötzlich wächst und steif wird?‹

Der Engel, dessen Penis sich zwischen den Saiten der Leier verfangen hatte, spürte plötzlich, daß sein Penis sich abrupt befreite, nicht ohne vorher dem Instrument eine Vibration, dröhnend wie ein Glockenschlag, entlockt zu haben; alle Engel des Himmels gingen daraufhin in Hab-acht-Stellung und machten sich bereit, den Worten des Allmächtigen zu lauschen.

Auch unten auf Erden konnten die Nackten den Allmächtigen und seine Engel sehen, wann immer sie den Blick hoben. Es bildete sich also ein vielköpfiges Auditorium von Engeln und Sterblichen, willens, die Worte des Allmächtigen zu hören.

Aus der allerhöchsten Wolke begann der Allmächtige, der als einziger bekleidet war, und zwar mit einer weißen Tunika, mit melodischer, warmer, ruhiger Stimme zu sprechen.

›Ihr meine Kinder‹, hub der Allmächtige an, ›hiermit verkündige ich euch mein Neues Gesetzeswerk.‹

Ein Geraune entstand unter Engeln und Menschen, und dann folgte tiefes Schweigen.

›Erstes Gebot‹, sagte der Allmächtige: ›Du sollst deinen Körper erforschen und kennenlernen. Du sollst dein Fleisch anfassen, dein Schamhaar sowie alle deine anderen Körperteile streicheln, insbesondere deine Genitalien. Zweites Gebot: Du sollst lernen, deine Zunge zu gebrauchen, ebenso deine Finger, deine Geschlechtsorgane und alle anderen Körperteile, um den Körpern anderer damit Gutes zu tun. Drittes Gebot: Du sollst so oft masturbieren, wie du willst, allein oder in Gesellschaft von anderen. Viertes Gebot: Du sollst alle Stellungen ausprobieren, alles, was die Wollust dir eingibt, du sollst Spiele erfinden, wie ein Kind . . .‹

Ein frohlockender Chor unterbrach die Verkündigung des neuen Gesetzeswerkes. Der Allmächtige lächelte, schürzte seine Tunika und zeigte seinen erigierten Penis. Ein Engel näherte sich ihm, in der Hand dunkle Trauben, frisch gewaschen in einer Himmelsquelle, mit denen er den Phallus des

Allmächtigen liebkoste, der endlich seinen göttlichen Samen darüber ergoß. Ein glückliches Raunen stieg auf aus der Menge von Engeln und Menschen, das Monokel fiel wieder herab und prallte dem Kavalier schmerzhaft an den Schädel.

Als Amatista aufwachte, war es schon Nacht. Sie, Pierre und der Kavalier machten sich zu ihrem Haus in der Pappelallee auf, denn es war Zeit, sich zum Abendessen umzukleiden.«

KAPITEL DREI

»Welch ein Vergnügen, lieber Doktor, Sie auf dieser Terrasse am Meer treffen zu können. Erinnern Sie sich noch, als wir uns das letzte Mal sahen, schneite es, und Sie mußten Ihre Übungen in einem Raum verrichten, wo das Feuer im Kamin brannte. Haben Sie meinen Anweisungen entsprechend trainiert, ihren Samen zurückzuhalten? Männer müssen unbedingt lernen, sich zu beherrschen, um richtig genießen zu können, sei es alleine oder mit den Damen. Ein Herr, der seinen Samen zu früh ergießt... Man muß die Erregung richtig auszukosten wissen. Lassen Sie uns auf diesen Sesseln Platz nehmen und den Anblick des phosphoriszierenden Meeres genießen, während wir unsere Cocktails schlürfen. Wenn Sie es wünschen, können Sie sich ruhig die Hose öffnen und sich streicheln, während Sie mir zuhören, in diesem dunklen Winkel der Terrasse wird niemand Sie sehen. Ich hielte es jedoch für besser, wenn Sie diesmal versuchten, sich nicht anzufassen und einfach nur nachspürten, wie Ihr Glied wächst und steif wird aufgrund der Bilder, die meine Erzählung Ihnen vor Augen führt.

Wir hatten uns von Pierre und Amatista in einem der Hinterzimmer des Nachtclubs Las Violetas verabschiedet. Pierre verließ das Zimmer in untadeliger sportlicher Kleidung, Amatista in ihrem pastellblauen Kleid mit den dazu passenden Handschuhen bis zum Ellenbogen. Am nächsten Tag beschlossen Amatista, Pierre und der Monokelkavalier, sich in den Bergen zu amüsieren. Und im Handumdrehen fanden sich die drei in der Schweiz wieder, wo es Sommer war und wo auf den Berghängen Kirschbäume standen, die über und über mit Früchten beladen waren. Amatista nahm ihren großen, mit Blumen und Bändern geschmückten Hut ab und zog ihre geknöpften Stiefelchen aus. Dann schürzte sie ihren Rock und den gestärkten Unterrock und tanzte zwischen den Bäumen umher. Sie trug keinen Schlüpfer. Pierre und der Monokelkavalier knöpften sich die Hosen auf und nahmen ihren erigierten Penis in die Hand. Amatista versteckte sich hinter den Stämmen und sang:

›Kirschbaum, Kirschbaum.‹

›Schöner Baum‹, antwortete Pierre.

›Holder Traum‹, reimte der Kavalier, während er sich rücklings auf die Wiese warf, nachdem er sich Hosen und Unterhosen schon ausgezogen hatte.

Ohne daß irgend jemand etwas zu sagen brauchte, wußten alle drei Bescheid: Die Haltung des Kavaliers war die Einladung zu einem Spiel, das sie ›Klappbrot‹ nannten oder auch einfach ›Sandwich‹. Amatista legte sich mit dem Gesicht zu ihm auf den Kavalier und führte dessen erigiertes Glied in ihre Vagina ein, Pierre neigte sich über sie und steckte seinen Phallus in ihren Arsch – verzeihen Sie diesen ordinären Ausdruck. Der Kavalier und Amatista führten die klassischen Aufundabbewegungen aus, und Pierre, der sich auf Knie und Hände stützte, um die beiden nicht mit seinem Gewicht zu belasten, machte im gleichen Rhythmus mit.

Soweit, Doktor. Überlassen wir die drei jungen Leute im Gebirge ihrem Zeitvertreib. Wir werden jetzt auf Ihr Zimmer gehen, und ich werde mich um den letzten Teil der Übung kümmern, damit wir zu einem glücklichen Höhepunkt kommen.«

KAPITEL VIER

»Wie geht es Ihnen heute, Doktor? Der Abend ist kühl, und wir können in Ihrem Zimmer bleiben. Wenn Ihnen der Sinn danach steht, dürfen Sie während der ganzen Zeit auf die übliche Art masturbieren, das heißt, sobald Sie merken, daß Ihr Höhepunkt naht, nehmen Sie die Hand weg und denken Sie an etwas anderes. Sollten Sie wünschen, daß ich ab und zu unterbreche, geben Sie mir ein Zeichen, gegenwärtig ist es besser, wenn Sie während der Übungen nicht reden.

Amatista badete in einem reißenden Fluß und ließ sich einfach mit der Strömung treiben. Das Wasser war warm, und sie ließ sich treiben, ohne zu wissen, wohin.

Wohin. Wo. Woher. Wörter wie Gewölbe, in denen Echos wie Glockenschläge hallen. Später ließ die Strömung nach, bald schwamm Amatista in ruhigem Wasser und näherte sich dem Ufer. Sobald es flacher wurde, richtete sie sich auf und lief auf den Strand zu. Ihr durchnäßtes Kleid aus lila Baumwolle trocknete der Wind ihr rasch am

Körper. Amatista sah in der Ferne zwischen den Bäumen ein weißes Haus liegen und lenkte ihre Schritte darauf zu. An einem Baumstamm hing ein Schild mit einem Pfeil, der auf das Haus wies:

GASTHAUS
ZUM ERIGIERTEN PENIS

Es war ein einladendes Gebäude, dessen Untergeschoß ein weiträumiger Salon mit gläsernen Wänden einnahm. Den Boden bedeckte ein grüner Teppich. In einem Teil des Salons standen Tischchen und gepolsterte Stühle, an einer Wandseite befand sich die Bar, hinter der Theke standen zwei oder drei Kellner im Frack. Amatista setzte sich auf einen Barhocker und bestellte sich einen Alexander.

›Sprechen Sie Spanisch?‹ fragte sie einen der Kellner.

›Ja, Señora‹, antwortete der Kellner.

›Dann beantworten Sie mir meine Frage: Wo bin ich?‹

Der Kellner lachte schallend; eine Antwort schien er nicht für nötig zu halten.

›Sprechen Sie das Universal-Spanisch?‹ fragte Amatista.

›Ja, Señora‹, antwortete der Kellner.

›Dann ist das nicht mein Land‹, murmelte Amatista. ›Es macht nichts‹, fuhr sie laut fort, ›können Sie mir sagen, was ich tun soll?‹

›Ja Señora, setzen Sie sich auf den Tresen und halten Sie Ihren Vortrag.‹

Der junge Mann faßte Amatista um die Taille und half ihr auf den Tresen. Ein kleines Publikum hatte sich in der Bar versammelt.

›Ich heiße Amatista‹, begann Amatista, ›und komme aus der Stadt Buenos Aires. Jeden Morgen nach dem Frühstück im Bett (Kaffee und Croissants, kein Obst, keine Körner, keine Eier) stelle ich mich vor den Spiegel und betrachte meine Brüste. Gleich darauf kommt Pierre, der Stallbursche, durch das Fenster, zieht sich aus und stellt sich neben mich vor den Spiegel, um seinen erigierten Penis zu betrachten. Anschließend betrachtet er meine Brüste im Spiegel und ich seinen Penis.‹

Schweigend lauschte das kleine Publikum.

›Dann kommt der Monokelkavalier durchs Fenster‹, fuhr Amatista fort. ›Er stellt sich Pierre gegenüber, und ihre erigierten Penisse begrüßen sich. Derweil habe ich mich ins Bett gelegt, masturbiere und sehe ihnen zu. Dann beugt sich einer der beiden über mich und dringt in mich ein, der andere stellt sich neben das Bett und masturbiert. Dabei wechseln sie sich ab.‹

Ein junger Zuhörer aus dem Publikum hob die Hand, und als Amatista ihm das Wort erteilte, fragte er, auf welche Weise sie zum Höhepunkt kämen.

›Morgens kommen wir gewöhnlich nicht zum Höhepunkt‹, antwortete Amatista. ›Wir warten damit normalerweise, bis es dunkel wird. Mit Ihrer Erlaubnis werde ich jetzt das Gedicht vortragen‹, fügte sie hinzu.

Amatista hob ihr Glas und trank den Rest des Alexander aus. Der Kellner beeilte sich, ihn abzuräumen und einen neuen zu bringen. Ohne Atempause trug Amatista vor:

Ich masturbiere mich.
Du masturbierst dich.
Er masturbiert sich.
Wir masturbieren uns.
Ihr masturbiert euch.
Sie masturbieren sich.

›Ich möchte vorschlagen‹, fuhr Amatista fort, daß man neben der Form ›ihr masturbiert euch‹ auch die Form ›Sie masturbieren sich‹ verwendet, die in meinem Land bei Verben der ersten Konjugation gewöhnlich für die zweite Person Plural gebräuchlich ist. Niemand sagt in Argentinien: ›Ihr masturbiert euch.‹ Aber da auch niemand je sagt: ›Sie masturbieren sich‹, verliert dieses Problem seine Relevanz und ist deswegen nebensächlich. Meine Anregung, für die zweite Person Singular ›du masturbierst dich‹ das in Argentinien übliche ›Ihr‹ einzusetzen, also ›Ihr masturbiert Euch‹, wurde schon an anderer Stelle als zu regionalistisch und zu wenig universell abgelehnt. Wie Sie wissen, leitet sich diese Form aus der altertümlichen, ehrerbietigen Form der Anrede ab: ›Ihr masturbiert Euch (Majestät)‹, aber wir sind der Meinung, daß diese Form niemals von irgend jemandem benutzt wurde, höchstens, daß ein Arzt bei Hofe irgendwann einmal einem jungen Prinzen mit Schatten unter den Augen den Vorwurf gemacht hätte, damals, als man noch glaubte, daß junge Leute, die masturbierten, Schatten unter den Augen bekämen und krank würden. Jedenfalls gibt es hierzu keine schriftlichen Niederlegungen.‹

Das Publikum lauschte sehr aufmerksam. Einige Zuhörer hatten sich die Brille aufgesetzt und machten Notizen. Ein Kellner lief zwischen den Tischen umher und servierte Drinks. Amatista beschloß, ihren Vortrag als beendet zu betrachten, sie glitt vom Tresen hinab, der junge Kellner stellte sein Tablett ab, legte seinen Arm um ihre Taille, und gemeinsam gingen sie zur Tür.

›Erzähl mir bloß nicht, daß dein Penis erigiert ist‹, sagte Amatista.

›Lassen wir das für später‹, antwortete lächelnd der junge Mann. ›Jetzt gehen wir erst einmal spazieren.‹

Nun, Doktor, wie geht es Ihnen? Wenn alles so verlaufen ist, wie ich es erwartete, haben Sie gelegentlich eine schwache Erregung verspürt, jedoch nicht so stark, als daß Sie sich schmerzlich nach dem Höhepunkt gesehnt hätten. Wir werden also weitermachen wie bisher.

Amatista und Pierre schliefen unter seidenen Laken in Amatistas Bett. Amatista erwachte, knipste die Nachttischlampe an und sah auf die Kuckucksuhr an der Wand: zwei Uhr morgens. Pierre und sie schliefen seit zwei Stunden. Pierre bewegte sich unruhig und seufzte.

›Was träumst du, Pierre?‹ fragte Amatista leise.

›Ich träume, daß ich in einem Bach stehe. Das Wasser reicht mir bis zur Brust. Fröhlich plätschert der Bach dahin. Um mich herum schwimmen ein paar Schwäne. Jetzt treibe ich auf dem Rücken und mein Penis ist erigiert.‹

›Wann wäre er das nicht, Pierre‹, murmelte Amatista lächelnd.

Pierre schien sie nicht zu hören, er schlief weiter.

›Ich träume, daß ich einen Schwan umarme‹, fuhr Pierre fort. ›Einen sehr großen weißen Schwan. In ihn einzudringen ist, wie in eine Frau einzudringen.‹

Geschickt schob sich Amatista über Pierre und führte mit ihrer Hand seinen erigierten Penis in ihre Vagina ein.

›Ja, Pierre‹, sagte sie mit keuchendem Atem, ›du umarmst einen Schwan.‹

›Die anderen Schwäne schauen uns zu‹, sagte Pierre stöhnend, während Amatista ihr Becken hob und senkte.

Nach und nach erwachte Pierre, und als er ejakulierte (entschuldigen Sie den Fachausdruck, Doktor), hatte er seinen Traum vergessen.

Amatista stieg aus dem Bett, um eine Decke zu holen, denn in dem Zimmer war es etwas kühl geworden. Als sie Pierre und sich gut zugedeckt hatte, fragte sie ihn:

›Warum heißt du Pierre?‹

Erstaunt sah der junge Mann sie an.

›Was? Weißt du das nicht? Ich bin eine Übersetzung aus dem Russischen ins Französische, aus der Zeit, als es üblich war, auch die Eigennamen zu übersetzen.‹

Sie sind mir ein Schelm, Doktor. Diesmal haben Sie beschlossen, nicht zu masturbieren. Es gefällt mir, wenn Sie sich Herr Ihres Penis fühlen. Er hat sich zu fügen.

Wie wir schon sagten, besserten sich Pierres Manieren entscheidend nach seinem Umzug nach Buenos Aires. Aus dem jungen Bauernburschen, der Ställe ausmistete, war ein gewiefter junger Großstadtbewohner geworden. Amatista hatte ihn eine Reihe von Dingen gelehrt, die sich für beide höchst angenehm auswirkten: duftende Seifen zu benutzen und gewisse männliche Duftwässer, sich zu kleiden wie ein junger Städter, Musik zu genießen, insbesondere spanische Boleros und englische Foxtrotts, den Tee mit einem Tropfen kalter Milch zu trinken, diesen oder jenen Sport zu betreiben, belanglose Unterhaltungen zu führen, eng zu tanzen, und vor allen Dingen, seinen bäuerlichen Drang zu bezähmen, Amatista, wo sie gingen und standen, umzulegen und sich mit erigiertem Penis über sie herzumachen. Sie lehrte ihn, sich in Geduld zu üben, und daß kein Mann, sei er auch noch so erregt, aus sich einen Wasserhahn machen sollte, den man nur anfassen muß, damit das Naß strömt.

Eines Abends gingen Amatista und Pierre in einem schummrigen Nachtlokal in einer Seitenstraße der Avenida Santa Fé, kurz hinter Pueyrredón, zum Tanzen. Das Nachtlokal lag etwas tiefer als die Straße, es war nicht gerade ein Keller, aber hinter der Eingangstür führten ein paar Stufen hinab, und man gelangte in einen spärlich beleuchteten Raum, in dem Dunstschwaden von Alkohol, weiblichem Parfüm und türkischem Tabak waberten. Die duftgesättigte Luft verschlug einem zunächst beinah den Atem, aber schon bald sog man sie genußvoll ein.

Doktor, machen Sie sich keine Sorgen wegen der fehlenden Erektion bei diesem Teil der Geschichte. Erstens habe ich nie versprochen, daß er ständig erigiert sein würde, und zweitens wäre es auch unpassend: Ihnen würde es langweilig, und meine Geschichten verlören ihre Wirkung. Ich erzählte Ihnen, daß Amatista und Pierre im Oktober, wenn der Frühling, so zögerlich er sich in Buenos Aires auch geben mag, den Winter besiegt hat und uns sogar hier und da schon sommerliche Tage beschert, in dem dunklen Nachtlokal tanzen gingen; Pierre ganz seriös und förmlich, im hellen Sommeranzug, Amatista, bildschön wie immer, in einem nilgrünen Kleid mit Handschuhen im gleichen Ton, die bis zum Ellenbogen reichten.

Dieses Mal bestellte sich Amatista keinen Alexander, sondern einen Cocktail aus Gin und französischem Wermuth, mit einer Orangenscheibe am Randes des Glases. Als der Kellner die Gläser auf den Tisch stellte und die Orangenstücke mit einem Streichholz anzündete, schwängerten zwei betörende Rauchsäulen die Luft und entführten die jungen Leute an einen nebulösen Ort.

›Was denkst du?‹ fragte Amatista Pierre.

›Ich denke daran, daß ich Pilot bin‹, antwortete Pierre.

›Bist du Pilot?‹

›Das wußtest du doch. Ich habe es dir doch erzählt, als wir auf meinem Lager waren, im Stall.‹

›Hast du es mir erzählt, während ich dich entjungferte? Entschuldige diese ungeschminkte Ausdrucksweise.‹

›Du hast mich nicht entjungfert. Du dachtest, ich sei unberührt, und ich ließ dich in dem Glauben.‹

Amatista lächelte und zuckte mit den Schultern. Die Orangenschalen waren erloschen, das Aroma jedoch geblieben.

›Wohin wirst du mit deinem Flugzeug fliegen?‹ fragte Amatista.

›An einen Strand der Karibik‹, antwortete Pierre.

Amatista schlürfte ihren Cocktail. Die Mischung war heiß und erfrischend zugleich. Aus den Lautsprechern erklangen die ersten Takte des Liedes ›Leg deinen Kopf an meine Schulter‹. Pierre ergriff Amatistas Hand und drückte sie. Beide erhoben sich, ohne daß ihre Hände sich voneinander lösten, und gingen zu einer kleinen Tanzfläche in einem Winkel des Saales, obwohl man auch zwischen den Tischen tanzte, eng umschlungen und fast ohne sich von der Stelle zu rühren. Pierre umschlang Amatistas Taille, und sie legte ihren Arm um Pierres Nacken. Pierre führte Amatistas freie Hand an seine Brust und verstärkte den Druck seines Arms um ihre Taille, um sie näher an sich zu ziehen. Bei dieser Umarmung berührten sich nur ihre Oberkörper. Dann begannen sie sich im

Rhythmus der Melodie zu bewegen. Je länger sie tanzten, desto inniger wurde die Umarmung. Als der Sänger zum zweiten Mal sang ›Leg deinen Kopf an meine Schulter‹, waren die beiden Körper schon eng aneinander geschmiegt, und Pierres Arm glitt langsam über Amatistas Rücken, hier und da drückte die Hand zu, bis sie sich verstohlen auf Amatistas Lenden legte. Amatistas Kopf lag an Pierres Schulter, ihre Lippen streiften seinen Hals. Während sie sich langsam zu der Musik bewegten, wurden Knospe und Blütenblätter von Amatistas Rose feucht, sie schwammen in dieser köstlichen, glitschigen Flüssigkeit, die die Liebkosungen durch Fingerspitze, Zunge oder Penis so erleichtert und die es auch ermöglicht, Tempo und Intensität der Reibung immer mehr zu steigern. Jetzt jedoch war die Rose Amatistas bedeckt von dem Schlüpfer aus weißem Atlas und dem Stoff des nilgrünen Kleides, und Pierre konnte nichts weiter tun, als seinen Schenkel zwischen Amatistas Schenkel zu schieben, wissend, daß er auf diese Art ihren Venushügel berührte. Pierres Penis war schon voll erigiert und zeigte nach oben, was Pierres korrekte Haltung jedoch nicht beeinträchtigte.

Als die Musik verklang, kehrten Pierre und Amatista an ihren Tisch zurück, setzten sich, atmeten einige Male tief durch und nahmen ihr Gespräch wieder auf.

›Warum hast du fünf Jahre im Kloster verbracht und im Stall gearbeitet?‹ fragte Amatista.

›Weil das Kloster in der Nähe des Hangars lag, wo ich donnerstags, an meinen freien Tagen, Flugunterricht nahm.‹

In der Nähe des *Hangars*, dachte Amatista. Dieses Wort erinnerte sie an irgend etwas.

›Nur donnerstags?‹ fragte sie.

›Ja, deswegen habe ich für den Kurs fünf Jahre gebraucht. Jeden Donnerstag, fünf Jahre lang.‹

Amatista lächelte und sah ihm tief in die Augen. Sie tranken ihren Cocktail bis zum letzten Tropfen. Die Musik setzte wieder ein, diesmal mit: ›Nur wenn ich mit dir tanze ...‹ Pierre erhob sich wortlos, und Amatista folgte ihm auf die Tanzfläche. Bevor Pierre sich in Bewegung setzte, umarmte er Amatista, aber diesmal auf eine andere Weise. Er legte beide Arme um ihre Taille, und sie umschlang mit beiden Händen seinen Nacken. Pierres erregendes Parfüm vermischte sich mit der stickigen Atmosphäre der Bar, und Amatista fühlte, wie ihr schwindlig wurde. Als sie ihre Stellung eingenommen und begonnen hatten, sich zu der Musik zu bewegen, spürte Amatista Pierres erigierten Penis an ihrem Venushügel und rieb sich leicht daran. Pierres gelassene Züge verrieten nichts von dem, was da vor sich ging. Inzwischen ist er ein Mann von Welt, dachte Amatista und lächelte bei der Erinnerung an jenen Nachmittag im Kloster und an die lange Reihe der Mönche, die sie von Ferne gesehen hatte, als sie unter den Bäumen entlangrannte, um noch rechtzeitig zu entkommen. Jetzt erschien ihr das alles unwirklich. An Pierre geschmiegt, ließ sie sich von der Musik und den Duftwolken davontragen.

Wie ich sehe, Doktor, haben Sie sich vom Gürtel abwärts entblößt, doch Sie berühren Ihren Penis nicht, obwohl er so herrlich erigiert ist. Sie hören mir einfach nur zu, mit geschlossenen Augen, entspannten Zügen und im Nacken verschränkten Händen. Wenn Sie sich so verhalten, um mich zu beeindrucken, kann ich Ihnen nur sagen, es ist Ihnen gelungen. Oder liegt es daran, daß Sie sich einfach nur vom Duft nach Orangeschalen und Gin betören lassen? Ich glaube, Sie sind auf dem besten Wege, sich von mir unabhängig zu machen, und das gefällt mir sehr gut. Sie können aber nicht leugnen, daß Sie mit mir zusammen schon erhebliche Fortschritte gemacht haben. Erinnern Sie sich noch an den Anfang, als Sie ihren Saft nicht zwei Minuten lang zurückhalten konnten? Also, ich werde Ihnen heute völlige Freiheit lassen und keine Spielregeln mehr aufstellen, aber Sie sollten auf jeden Fall wissen, daß dieses Kapitel lang genug ist für zwei oder drei gute Steife, und entschuldigen Sie die unverblümte Ausdrucksweise. Ich werde veranlassen, daß der Kamin angeheizt wird, damit Sie sich ganz ausziehen können, wenn Sie wollen. Bevor der Hotelpage erscheint, werde ich die Vorhänge des Himmelbetts zuziehen und so tun, als mache ich mir am Schreibtisch mit irgendwelchen Schriftstücken zu schaffen.

Als die Musik verstummte, gingen Pierre und Amatista an ihren Tisch zurück und bestellten den zweiten Cocktail. Den zweiten und letzten, denn sie wußten genau, wieviel sie vertragen konnten, um später die Liebe noch uneingeschränkt und leidenschaftlich genießen zu können. Diesmal setzte Pierre sich neben Amatista. Amatista bestellte einen Alexander, Pierre eine Mischung aus Cognac mit einem Schuß Cointreau. Der Kellner brachte die Gläser, und sie tranken schweigend. Die Musik setzte wieder ein, diesmal mit ›Juni im Januar‹ (das Lied stammte aus der nördlichen Hemisphäre). ›Es ist Juni im Januar, denn ich bin verliebt, denn ich bin verliebt, und dein ist mein ganzes Herz.‹ Pierre nahm Amatistas Kopf in beide Hände und küßte sie auf den Mund. Der Kuß währte so lange wie das Lied, die Zungen liebten sich, und die Körper erbebten vor Lust. Pierre fühlte einen starken Drank, seinen erigierten Penis in Amatistas halboffene Rose zu stecken; Amatista stellte sich vor, sie läge im Bett, auf dem Rücken, mit gespreizten und über der Brust angewinkelten Beinen, so daß sie, wenn Pierre in sie eindränge, sich auf den Schultern abstützen könne. Eine Hand Pierres schob sich unter der Tischdecke zwischen ihre Knie, knetete die weichen Innenseiten ihrer Schenkel und schob sich hinauf bis zum Schritt, wo seine Finger den Stoff des Schlüpfers ertasteten. Der ›Schlüpfer‹, ein köstliches Wort für das, was Amatistas Bauch verhüllte, ihren Arsch und das seidige Gestrüpp auf dem Venushügel. In diesem Augenblick hörte die Musik auf, und Pierre und Amatista fuhren auf, als erwachten sie aus einem Traum.

Im gleichen Gebäude wurden auch Zimmer an Gäste vermietet, die, nachdem sie im Dunkel der Bar alle erdenklichen Intimitäten ausgetauscht hatten, das Zusammensein in trauter Zweisamkeit, entkleidet, in einem bequemen Bett wünschten. Amatista und Pierre riefen also den Kellner, beglichen ihre Rechnung und ließen sich ein Zimmer reservieren. Zusammen mit dem Wechselgeld brachte der Kellner auf einem kleinen Tablett auch einen Schlüssel mit einem ledernen Schlüsselanhänger, auf dem stand

Nummer 108. Pierre ließ den Schlüssel in seine Tasche gleiten. Amatistas atemberaubendes Profil verschwamm im Zwielicht. Pierre und Amatista standen auf, durchquerten den Raum und gingen durch eine Tür mit der Aufschrift ›PRIVAT‹. Dahinter befand sich ein mit Teppichen ausgelegter Flur, der kaum heller erleuchtet war als der Salon. Ein grünes Licht kennzeichnete die Fahrstuhltür. Als diese sich hinter ihnen geschlossen hatte, nahm Pierre Amatista in seine Arme, und während der Fahrstuhl langsam nach oben fuhr, preßte er seinen erigierten Penis gegen ihre Scham. Sie verließen den Fahrstuhl und betraten einen ebenfalls mit Teppichen ausgelegten halbdunklen Flur. Pierre ging voraus, um die Tür von Zimmer Nummer 108 aufzuschließen.

Amatista und Pierre umarmten sich im Stehen, neben dem Bett. Pierre hatte nur sein Jackett ausgezogen, und Amatista hatte Tasche und Handschuhe auf einem Stuhl abgelegt. Während ihre Lippen und Zungen die köstlichsten Orgien feierten, schob Pierre Amatistas Rock hoch und ließ seine Hände über ihre Schenkel, ihre Hüften und ihre Gesäßbacken gleiten. Seine Finger fanden den Rand des Hüfthalters, tasteten sich hinab zu den Strumpfbändern und öffneten sie. Dann lösten sie die Häkchen des Verschlusses am Rücken. Während er ihr den

Hüfthalter abnahm, berührte Pierre flüchtig den Venushügel unter dem Atlas des Schlüpfers. Amatistas Zunge reagierte heftig und suchte mit schnellen Bewegungen nach Pierres Zunge. Der Strumpfhalter fiel auf den Teppich, und Pierre hob Amatista sanft auf das Bett. Dann zog er sich Hemd, Schlips und Hose aus, seinen Slip jedoch behielt er an und verbarg so das Geheimnis des Phallus.

Im spärlichen Licht einer lila Nachttischlampe beugte sich Pierre über Amatista und schob ihren Rock hoch. Entzückt betrachtete er den Atlasschlüpfer und den Ansatz der etwas verrutschten Seidenstrümpfe. Dann kniete er sich auf den Teppich am Fußende des Bettes und ergriff den heruntergerutschten Rand des rechten Strumpfes. Er zog ihn langsam herab und bedeckte die bloße Haut der Schenkelinnenseiten mit Küssen. Dann machte er sich an den anderen Strumpf. Sein Mund wanderte von einem Schenkel zum anderen, seine Hände kneteten das straffe Fleisch Amatistas, während er die Strümpfe immer weiter herunterzog, sein Gesicht berührte wie unabsichtlich den Atlas des Schlüpfers. Amatista atmete tief und ruhig, und während Pierre ihr noch die Strümpfe auszog und sie auf den Teppich fallen ließ, zog sie sich selbst den Schlüpfer hinunter, bis Nabel und Unterleib entblößt waren. Pierre zog ihr den Schlüpfer ganz aus, und erst, als er ihn auf den Teppich hatte fallen lassen, widmete er sich dem dunklen, seidigen Dickicht. Er zog seinen Slip aus und enthüllte die heitere Schönheit des Phallus. Dann kniete er wieder am Fußende des Bettes, legte seine Hände auf Amatistas Knie und winkelte ihr die Beine über dem Bauch an. Er spreizte ihr die Beine und öffnete den Vorhang der kleinen Bühne. Sein Gesicht neigte sich mit halbgeschlossenen Augen über die eben erblühte Rose.

Seine Zunge suchte und fand die Knospe, und seine Hände faßten sie um die Hüften. Amatista liebkoste ihre Brustwarzen mit der gewölbten Hand, oder sie massierte sie zwischen Daumen und Zeigefinger. Pierres Zunge wurde schneller und schneller, sie versetzte die Knospe in Schwingungen, die sich auf den ganzen Körper übertrugen und an Intensität zunahmen, bis der stoßweise Atem Amatistas zu leisen, tiefen Seufzern wurde, die auch immer intensiver wurden und endlich in einem erstickten Schrei endeten. Pierre gab Amatistas Nabel einen zärtlichen Kuß und deckte sie mit dem Laken zu.

Während Amatista sich ausruhte, nahm Pierre in seinem Sessel am Bett Platz, schloß die Augen und masturbierte heftig. Sobald er ejakuliert hatte, streckte er sich neben Amatista aus, um ebenfalls zu ruhen.

Also, Doktor, ich glaube, auch wir haben nun ein wenig Ruhe verdient. Wenn Sie sich anziehen wollen, werde ich veranlassen, daß man den Tee bringt. Sie sehen sehr gut aus. Gut? Nun, vielleicht eher jungenhaft und gut gelaunt. Kümmern Sie sich nicht um den Zimmerkellner, er ahnt nicht, weswegen ich Nachmittag für Nachmittag hierher komme. Ah, man klopft an der Tür. Bis er die Sachen auf dem Tischchen abgestellt hat, werde ich zum Fenster hinaussehen. Aber stellen Sie sich nur vor, wie seltsam, dieses Fenster geht auf einen Fluß hinaus. Von hier aus sieht man den Steg des Hauses, ich will auf der Stelle tot umfallen, wenn wir uns nicht an der Mündung des Paraná befinden. Wie wunderschön! Eine Weide neigt ihre langen Flechten über das Wasser, in der Ferne sieht man ein Boot mit zwei Ruderern. Und diese Geißblattstaude, die aus dem Wasser zu wachsen scheint... Haben Sie hier schon einmal gebadet, Doktor? Das Wasser ist braun, und der Grund ist schlammig, aber es ist sauber, die Farbe entsteht durch die schwebenden Schlammteilchen, den Moder, was weiß ich, aber so erklärt man sich das trübe Wasser einiger Flüsse. Man muß nur vermeiden, mit den Füßen den Grund zu berühren und dann mit der Strömung schwimmen, und man darf sich nicht vornehmen zurückzuschwimmen, denn das wäre gegen die Strömung. Angelangt am Steg des leerstehenden Hauses – des efeuberankten Hauses, dessen Fensterläden hermetisch geschlossen sind – steigt man die Holzstufen hoch und setzt sich auf den Steg, lauscht dem Rauschen der Bäume und macht sich auf den Rückweg, indem man den Uferpfad unter den großen Pinien entlang geht. Zurück an dem ersten Steg springt man wieder ins Wasser und läßt sich mit der Strömung treiben...

Wenn Sie keinen Tee mehr möchten, können wir jetzt mit dem zweiten Teil des Nachmittags beginnen. Jetzt schreibt die Spielregel uns beiden die ›robe-de-chambre‹ vor. Tragen Sie gelegentlich eine ›robe-de-chambre‹, Doktor?«

»Nein, Señora, entweder ich bin angezogen, oder ich bin einfach nackt.«

»Gehen Sie ins Bad und ziehen Sie sich um. Ich werde mich hier umziehen. Der Spielregel entsprechend, dürfen wir uns nicht nackt sehen. Meine ›robe-de-chambre‹ ist aus schwarzem Atlas. Ihre ist bordeauxrot, mit goldenen Fransen. Zwar dürfen wir uns nicht ausziehen, für den Koitus ist es uns jedoch gestattet, unsere Geschlechtsorgane zu entblößen und sie sowohl vor dem Akt als dabei und danach anzusehen, so oft wir wollen.«

»Señora, ich muß Ihnen gestehen, daß ich bereits erigiert bin.«

»Und ich bin geschmiert, Doktor; entschuldigen sie diesen Ausdruck aus der Kraftfahrzeugmechanik.«

»Ich werde es genießen, daß Sie so gut geschmiert sind, Señora, wenn ich mit meinem erigierten Glied in Sie eindringe.«

»Natürlich, Doktor, Sie werden Ihr Glied zu Ihrer vollsten Zufriedenheit hineinstecken und herausziehen können.«

»Ach, Señora, ich habe solche Lust, es gleich reinzustecken, und verzeihen Sie die Rohheit.«

»Ich verzeihe Ihnen, aber wie Sie wissen, müssen Sie sich an die Spielregeln halten, wenn Sie von dem Spiel profitieren wollen. Gehen Sie nur sich umkleiden, ich werde das gleiche tun. Durch die geschlossene Tür können wir uns weiter unterhalten.«

»Ja, Señora. Jetzt ist die Tür zu. Hören Sie mich?«

»Ich höre Sie ausgezeichnet, Doktor.«

»Sagen die Spielregeln heute irgend etwas über die Stellung?«

»Überhaupt nichts, Doktor, aber ich werde Sie, wenn Sie damit einverstanden sind, darum bitten, ihn mir von hinten hineinzustecken, wobei ich mich auf allen vieren auf den Teppich hocke.«

»Es wird mir ein Vergnügen sein, Señora. Ist es Ihnen recht, wenn wir bis zum Schluß in derselben Stellung kopulieren, oder soll ich mein Glied rechtzeitig hinausziehen, so daß wir noch eine andere Stellung einnehmen können?«

»Beim ersten Mal bitte ich Sie, in dieser Stellung zu ejakulieren. Ich werde meinen Höhepunkt vor oder nach Ihnen erreichen, kümmern Sie sich nicht darum. Sollte ich vorher kommen, können Sie sich in mich ergießen, oder aber Sie ziehen sich zurück, wenn Sie fühlen, daß Sie noch einige Zeit brauchen, und ich werde Ihnen selbst einen runterholen. Sollten Sie vor mir fertig werden, masturbieren Sie mich so, wie ich es Sie gelehrt habe. Einverstanden?«

»Einverstanden, Señora.«

»Gut, dann kommen Sie jetzt aus dem Bad. Machen Sie es sich wie gewohnt auf dem Sessel am Fenster bequem. Den Zeitpunkt der Kopulation werden wir absprechen. Währenddessen denken Sie beim Masturbieren daran, Ihren Saft zurückzuhalten. Ich werde mit der Geschichte fortfahren.«

»Ja, Señora.«

»Als Pierre mit dreizehn Jahren im Kloster zu arbeiten begann, ahnte er nicht, daß die Mönche keine Mönche waren und das Kloster kein Kloster. Tatsächlich handelte es sich um eine Gemeinschaft älterer Herren, die sich in dieses abgelegene Gehöft auf dem Lande zurückgezogen hatten und sich nur als Mönche gaben, um den Schein zu wahren. Das Haus war ursprünglich tatsächlich ein Kloster, so daß der Betrug perfekt gelang. Andererseits war die Zahl derer, denen man etwas vorspielen mußte, nicht gerade groß, denn das Kloster lag, wie ich schon sagte, völlig abgeschieden auf dem Land, und die Mönche versorgten sich weitgehend selbst, bis auf ein paar Dinge, die sie einmal monatlich im Dorf besorgten, so daß niemand merkte, was sie tatsächlich trieben, wenn man sie ins Gebet versunken glaubte. Diese älteren, als Mönche verkleideten Herren zogen es vor, sich von der Welt und den Frauen, die ihnen Angst einjagten, zurückzuziehen und sich ausschließlich der Masturbation zu widmen. Sie waren durch nichts zu einer lebenslangen Klausur verpflichtet, und in der Tat kehrten viele von ihnen nach einiger Zeit in die Welt zurück.

Zwar standen sie nicht unter Schweigepflicht, doch sie sprachen wenig, und Pierre entdeckte ihren Zeitvertreib, oder besser die wahren Bräuche dieser falschen Mönche erst, als er einmal durch ein Schlüsselloch spähte. An dem Tag, als er sie zum ersten Mal bei ihren Übungen beobachtete, regnete es. Pierre hatte man zum Stall geschickt, unter irgendeinem Vorwand, denn eigentlich gab es da nichts zu tun. Er wußte, daß die Mönche sich im Refektorium versammelt hatten und schaute ihnen heimlich durch das Schlüsselloch zu. Es war ein großes Loch, mindestens drei Zentimeter im Durchmesser, eine Öffnung, die dem schweren Schlüssel für diese Tür entsprach. Pierre sah, wie einer der Mönche auf eine Estrade stieg, von der aus zu den Mahlzeiten aus der Vita der Heiligen vorgelesen wurde. Der falsche Mönch setzte sich auf einen Holzstuhl und hob seine Kutte. Die anderen falschen Mönche saßen auf ihren Holzstühlen im Halbkreis um die Estrade. Erstaunt beobachtete Pierre, wie der auf der Estrade seinen erigierten Penis zur Schau stellte und wie die Hände der übrigen unter ihre Kutten glitten. Der falsche Mönch auf der Estrade berührte nur leicht mit der Spitze seines Zeigefingers die Vorderseite seines Penis und gab dabei ein leises Stöhnen von sich. Die Hände seiner Zuschauer machten sich mit unterschiedlicher Intensität unter den Kutten zu schaffen. Jetzt masturbierte der auf der Estrade heftig, Pierre sah jedoch, daß er dann und wann plötzlich innehielt, mit geschlossenen Augen reglos verharrte und dann seine Bewegungen langsam wieder aufnahm. Im Publikum tat man es ihm nach, aber sobald einer nicht mehr an sich halten konnte und ejakulierte, wobei er die Kutte anhob, um sie nicht zu beflecken, stand er auf und verließ das Refektorium. Endlich, Pierre wußte nicht, wieviel Zeit verstrichen war, kam der auf der Estrade zum letzten Teil der Übung. Er umfaßte sein ganzes Glied, und mit ruhigen, kräftigen Bewegungen glitt seine Hand auf und ab. Die Bewegungen wurden heftiger und schneller und schließlich schüttelte ihn ein wahrer Anfall, seine Hand arbeitete in einem derartig rasenden Tempo, daß Pierre durch das Schlüsselloch die Konturen von Hand und Penis kaum noch zu unterscheiden vermochte. Das Keuchen des falschen Mönches gipfelte in einem Schrei, seine Bewegungen hörten auf, und der Samen ergoß sich über seine Hand. Zur gleichen Zeit ejakulierten unter Gestöhn und Geschrei fast alle Mönche im Publikum. Wer fertig war, erhob sich und verließ das Refektorium, auch derjenige, der die Vorführung auf der Estrade bestritten hatte, zwei falsche Mönche blieben jedoch auf ihren Plätzen und masturbierten eifrig weiter. Einer von ihnen erreichte in der folgenden Minute glücklich seinen Höhepunkt, stand auf und verließ das Refektorium. Der andere hingegen mußte lange weitermachen und wichste wie ein Besessener. Von seinem Beobachtungsposten aus, den er trotz des Regens, der ihn durchnäßte, nicht verlassen hatte, sah Pierre, wie er am Rande des Zusammenbruchs endlich ejakulierte, dann japste er noch eine Weile wie ein gehetzter Gaul.

Pierre verließ die Tür und ging zu seinem Stall, um sich trockene Kleidung anzuziehen.

Sie werden sich fragen, Doktor, warum die Mönche Pierre nicht entdeckten, als sie das Refektorium verließen. Aber das Refektorium hatte zwei Türen, und sie gingen zu der anderen hinaus. Sobald Pierre den letzten Mönch durch die andere Tür hatte hinausgehen sehen, ging er zu seinem Winkel im Stall, wo sich sein Lager befand und die Truhe mit seiner bescheidenen Habe. Er legte seine durchnäßten Kleider ab, doch bevor er sich trockene Wäsche anzog, probierte er zu wichsen, kurz vor dem Höhepunkt innezuhalten, und nach einer kurzen Pause weiterzumachen. Er war noch damit beschäftigt, als der Glockenschlag der Kirchturmuhr ihn mahnte, den Mönchen bei der Zubereitung des Abendessens zur Hand zu gehen. Er beendete seine Masturbation mit dem Bild der Bäckersfrau vor Augen, einer üppigen Vierzigerin aus dem Dorf, die ihn ein paar Tage zuvor hinter der Ladentheke entjungfert hatte. So, Doktor, jetzt werde ich mich selbst masturbieren.«

»Tun Sie das, Señora, und erlauben Sie mir zuzusehen.«

»Sehen Sie gut hin: die Spitze des Mittelfingers auf der Klitoris, der Ringfinger hebt die rechte Schamlippe ein wenig an, der Zeigefinger liegt einfach auf der linken Schamlippe. Leichte Reibung nach oben und unten. Man merkt, wenn die Klitoris etwas angeschwollen und schlüpfrig ist. Jetzt wandert die Spitze des Zeigefingers über die Lippen bis hinab zum Eingang der Vagina, kehrt zur Klitoris zurück, reibt sie nach oben und unten, immer wieder, und schiebt sich dann langsam, aber kräftig in die Vagina. Wenn er ganz drinnen ist, drückt die Fingerspitze leicht gegen die innere Scheidenwand, und dann gleitet der Finger wieder langsam, aber kräftig zurück bis zur Klitoris. Er reibt sie langsam mit kreisenden Bewegungen. Ich wiederhole den Vorgang, bis ich den Höhepunkt nahen fühle, mache dann so lange Pause, bis ich mich beruhigt habe, und beginne wieder von neuem. Während ich mit der rechten Hand masturbiere, kitzele ich mit der linken eine Brustwarze, kneife sie sanft, wechsele ab zwischen Kneifen und kreisförmigen Liebkosungen mit der Fingerspitze oder der gewölbten Hand. Alles klar, Doktor?«

»Völlig klar, Señora.«

»Denken Sie daran, mich so zu masturbieren, wenn ich Sie darum bitte.«

»Keine Sorge, Señora. Ich verspreche es Ihnen von ganzem Herzen, und mehr noch, ich würde Sie jetzt gerne masturbieren, wenn Sie erlauben.«

»Selbstverständlich, Doktor.«

»Wenn Sie nichts dagegen haben, Señora, würde ich es gerne mit der Zunge machen. Ja, Señora, ich würde Sie gerne lecken, und entschuldigen Sie die unverblümte Ausdrucksweise.«

»Ihnen ist verziehen. Es freut mich, wenn Sie sich so ausdrücken, in solchen Situationen ist sogar die Umgangssprache zulässig und amüsant, aber beachten Sie, daß wir uns in einem Universal-Spanisch verständigen, das überall verstanden wird. Oh, Doktor, wunderbar machen Sie das, sehr schön, jetzt die Schamlippen, schieben Sie einen Finger hinein, ganz tief, entschuldigen Sie bitte usw., ziehen Sie ihn jetzt langsam, unter leichtem Druck zurück, nehmen Sie die Hand weg und machen Sie mit der Zunge weiter. Gut, lassen Sie mich jetzt, und gehen Sie auf Ihren Platz zurück.

Ich möchte Ihnen ein Beispiel für ungenauen Sprachgebrauch geben, um so zu illustrieren, was ich eben sagte. Kennen Sie eine Kaktusart namens Tuna?«

»Ja, Señora. Sie trägt köstliche Früchte, die man Tunafeigen nennt. Aus den Feigen wird Kompott gemacht.«

»Ich vermute, Doktor, daß eines Ihrer Dienstmädchen im Landhaus Ihrer Mutter das Kompott kochte.«

»Richtig, Señora.«

»Diese Magd war weich und weiß wie

Milch, mit Sommersprossen auf Wangen und Brüsten?«

»So war es, Señora.«

»War es nicht zufällig die, die Ihnen in der Küche Ihre Unschuld raubte, eines Nachmittags, während der Siesta, als alle anderen Hausbewohner schliefen?«

»Was Sie sagen, könnte genauer nicht zutreffen, Señora.«

»Na, das ist ja wunderbar. Wie alt waren Sie?«

»Dreizehn Jahre.«

»Und erlauben Sie mir die Frage, warum sind Sie in die Küche gegangen?«

»Um Tunafeigenkompott zu naschen.«

»Aha. Es paßt alles ausgezeichnet zusammen. Wie ging die Frau vor?«

»Sie drohte, meiner Mutter zu erzählen, daß ich Feigenkompott stehlen wollte, wenn ich nicht machen würde, was sie sagte.«

»Aha. Und was sollten Sie machen?«

»Zuerst befahl Sie mir, ihr meine Genitalien zu zeigen, Señora.«

»War das das Wort, das sie benutzte?«

»Nein, Señora, ich fürchte, das Wort, das sie benutzte, gehört nicht zum Wortschatz des Universal-Spanisch.«

»Ja, ja, natürlich, genau darüber wollten wir reden. Und, haben Sie ihr Ihre Genitalien gezeigt?«

»Ja, Señora.«

»War Ihr Penis erigiert?«

»Nein, Señora, er war winzig, denn ich war völlig verstört.«

»Und dann?«

»Dann sagte sie (sie hieß Lola), ich brauche mich nicht zu fürchten, wenn ich mich gut benähme, würde sie mir noch mehr Feigenkompott geben.«

»Aha.«

»Und dann ging sie wirklich zu dem großen Kupferkessel mit dem Kompott – es hatte sich zum Abfüllen noch nicht genügend abgekühlt – steckte ihren Zeigefinger hinein und ließ mich daran lecken.«

»Ja. Erzählen Sie nur weiter, Doktor.«

»Während ich an ihrem Finger lutschte, fühlte ich, daß ihre andere Hand nach meinem Penis griff.«

»Ja.«

»Der schon begann, sich aufzurichten.«

»Aha.«

»Als sie ihn in die Hand nahm, war er schon hart und erigiert.«

»Und dann?«

»Sie masturbierte mich ein bißchen, aber bald ließ sie mich los, zog sich den Schlüpfer aus und legte sich mit gespreizten Beinen auf den Küchenfußboden, wobei sie mir ziemlich grob bedeutete, ich solle in sie eindringen.«

»Und das taten Sie?«

»Ja, alles war schnell vorbei. Sie stieß mich von sich, als sie merkte, daß ich kurz vor der Ejakulation war, damit ich nicht in ihr käme. Gleich darauf stand sie auf, zog sich den Schlüpfer über und befahl mir, in meine Hosen zu steigen und schleunigst zu verschwinden. Vorher gab sie mir noch ein paar Löffel voll Kompott.«

»Kommen Sie her, Doktor. Wir tun jetzt, als wären wir Ziegen. Ich die Ziege und Sie der Bock. Ich auf allen vieren und Sie knien hinter mir. Diesmal werden wir es kräftig treiben. Stoßen Sie kräftig zu, und gleiten Sie sanft wieder hinaus. Und wieder kräftig hinein. Jedesmal schneller. Auf, Doktor.«

»Ja, Señora.«

»Gut, Doktor, in unseren bequemen Sesseln, warm eingepackt in unsere ›robe-de-chambre‹, machen wir mit der Geschichte weiter. Wie Sie sicher noch wissen, befinden sich Amatista und Pierre . . .«

»Verzeihung, Señora, wollten Sie mir nicht noch etwas zu dem Wort ›Tuna‹ sagen?«

»Ja, natürlich. Vor einiger Zeit erfuhr ich, daß in einigen Provinzen Argentiniens die weiblichen Geschlechtsorgane nach dem Feigenkaktus ›Tuna‹ genannt werden, jedenfalls der äußere Teil. Ich vermute, man fand Ähnlichkeiten zwischen dem etwas stacheligen Äußeren und dem zarten Inneren, aber es ist nur eine Vermutung. Für mich jedoch bedeutet die Tuna niemals Rose. Für mich wird die Tuna immer ein Kaktus bleiben, der eßbare Früchte trägt. Das Wort ›Tuna‹ wird bei mir niemals Erregung, geschweige denn Heiterkeit auslösen.«

»Selbstverständlich nicht, Señora.«

»Mehr braucht man wohl über die Unsitte, regional bedingte Ausdrücke für sexuelle Dinge zu verwenden, nicht zu sagen.«

»Nein, Señora.«

»Gut. Wie ich Ihnen sagte, befinden sich Amatista und Pierre in einem Raum über der dunklen Nachtbar. Nachdem Pierre sie so wunderbar masturbiert hat, schläft Amatista ein. Pierre hat sich eben einen runtergeholt. Jetzt sitzt er am Fenster und trinkt einen Whisky mit Eis. Aus einem Lautsprecher am Kopfende des Bettes erklingt die Musik eines Bolero:

Ich muß es dir endlich gestehn,
ganz offen und ehrlich gestehn,
eine Tollheit will ich begehn,
deswegen kam ich zu dir . . .

Unter dem Laken rührt sich Amatista. Pierre geht zum Tischchen und schenkt sich noch einen Whisky ein. Amatista gähnt laut und reckt sich wie eine Katze. Als sie die Augen aufschlägt, sitzt Pierre mit dem Glas in der Hand neben ihr im Bett. Sie lächelt und setzt sich auf. Das Bettuch gleitet herab, so daß ihre stolzen Brüste sichtbar werden. Während Amatista aus dem Glas trinkt, das Pierre ihr überläßt, umfängt Pierre mit den Lippen eine Brustwarze Amatistas und versetzt ihr ein paar Zungenschläge. Dann wirft er das Laken an das Fußende des Bettes und setzt sich neben Amatista. Beide lehnen sich an die Kissen. Kurz darauf trinkt Amatista noch einen Schluck und gibt das Glas Pierre zurück.

›An was denkst du, Amatista?‹

›Ich denke, daß ich dir gerne die Handgelenke an die Bettpfosten binden würde.‹

›Wie willst du das denn machen? Hier gibt es keine Bettpfosten. Das Kopfteil des Bettes ist mit weißem Leder bezogen.‹

›Dann verschränk die Arme im Nacken, und ich binde dir die Handgelenke zusammen.‹

›Und der Strick?‹

›Ich nehme deine Krawatte.‹

Pierre lächelt, und Amatista bindet ihm mit seiner Krawatte die Hände im Nacken zusammen. Dann zieht sie die Kissen unter ihm weg und ist ihm behilflich, sich hinzulegen. Pierres Penis ist stark erigiert und weist zum Kinn. Amatista kniet sich neben ihn und prüft den Zustand des Phallus, indem sie ihn zwischen Daumen und Zeigefinger nimmt und vorsichtig zudrückt. Mit der gleichen Behutsamkeit versucht sie, ihn nach unten zu biegen. Unmöglich. Zufrieden mit dem Ergebnis der Untersuchung stützt sie sich mit den Handflächen auf die Kopfleiste des Bettes und räkelt sich fröhlich wie ein Hund. Ihr hochgereckter Hintern ragt dabei über Pierres Gesicht. Pierre betrachtet ihn mit halb geschlossenen Augen. Als sie sich ausführlich gereckt und gestreckt hat, richtet sich Amatista auf und setzt sich mit übereinandergeschlagenen Beinen neben Pierre.

›Was soll ich jetzt machen, Pierre?‹ fragt Amatista.

›Knie dich über mich, so, daß meine Oberschenkel zwischen deinen Knien liegen.‹

›Und dann?‹ fragte Amatista, ohne sich zu rühren.

›Dann hock dich und stell die Füße genau da auf, wo vorher die Knie waren.‹

›Und dann?‹

›Geh soweit hoch, daß du meinen Penis vorsichtig an den Eingang deiner Vagina führen kannst.‹

›Davor würde ich gerne etwas anderes machen, geliebter Pierre.‹

›Sag es mir.‹

›Ich möchte erst ein paarmal mit meiner Knospe an der Vorderseite von deinem erigierten Penis entlangstreichen.‹

›Du willst dich ein paarmal daran reiben, und dann läßt du mich hinein?‹

›Versprochen, Pierre.‹

›Komm mit deiner Brust näher, Amatista.‹

Amatista kniete sich über Pierres Oberschenkeln nieder. Pierres Beine waren in ihrer vollen Länge gleichmäßig behaart. Die Innenseite der seidigen Schenkel Amatistas berührte die Außenseite der behaarten Schenkel Pierres.

›Ich mag deine behaarten Schenkel, geliebter Pierre‹, murmelte Amatista.

Bei der Berührung schwoll die halboffene Rose und wurde noch feuchter. Als Amatistas Klitoris an Pierres Phallus entlangglitt, entfuhr den beiden jungen Leuten ein tiefer Seufzer. Amatistas ganzer Körper wich leicht zurück, wenn ihre Klitoris an der Vorderseite des Phallus hinunterstrich und neigte sich nach vorne, um wieder hinaufzugleiten. Mehrmals liebkosten sich Phallus und Klitoris auf diese Art, dann beugte sich Amatista ein wenig mehr nach vorne, so daß die Spitze des Phallus den Eingang der Vagina erreichte. Amatistas Hand näherte sich dem Ort der heimlichen Zeremonie, um den Penis zu führen, und die Penetration nahm ihren Anfang.

›Oh Pierre, oh mein Geliebter‹, stöhnte Amatista.

Langsam und kräftig schob sich der Phallus in die Tiefe. Pierre und Amatista verharrten einen Augenblick reglos, Amatista hockte über Pierre, der mit seinem Mund eine ihrer Brustwarzen umschloß, sein Phallus steckte in seiner ganzen Länge in dem engen Gang. Dann zog sich Amatista zurück, bis Pierres immer noch erigierter befreiter Penis seine Stellung parallel zum Bauch wieder einnahm. Pierre entfuhr ein tiefes Stöhnen.

Amatista verließ ihre hockende Stellung und setzte sich neben Pierre. Ihr Atem ging schnell.

›Atme tief durch, Pierre‹, riet Amatista. ›Denk an die Mohnblumen.‹

›Amatista ...‹

›Denk an ein Mohnblumenfeld, Pierre, denk an einen blauen Himmel und an die Vögel. Denk an was du willst, aber befrei dich einen Augenblick von allen lüsternen Gedanken, damit du deinen Samen halten kannst. Jetzt binde ich dir die Hände los und gebe dir einen Schluck Whisky.‹

Ohne Amatista anzusehen, nahm Pierre das Glas entgegen und stellte sich gleichzeitig ein Mohnblumenfeld vor. Seine Erektion ließ nicht nach, wohl aber der Drang, zum Höhepunkt zu kommen.

Amatista nahm das Glas und setzte sich Pierre im Schneidersitz gegenüber. Während sie sich unterhielten, näherte sich Pierres Hand dem dichten, seidigen Gestrüpp zwischen Amatistas Beinen. Sie bedeckte den

Venushügel und drückte ihn leicht. Dann glitt sein Mittelfinger zwischen die Blütenblätter der halboffenen Rose und wanderte durch die wohlbekannte Geografie, bis er den fleischigen Eingang erreichte; er nahm seine Hand einen Augenblick fort und legte seinen Finger auf das linde Vorgebirge weiter oben. Mit kreisförmigen Bewegungen massierte er sanft die Klitoris. Amatista senkte die Lider und begann zu stöhnen. Während Pierre sie liebkoste, bat Amatista mit rauher Stimme:

›Erzähl mir von der Fliegerschule, Pierre.‹

›Ja, Amatista‹, antwortete Pierre, dessen Penis immer noch zum Kinn zeigte. Jetzt aber hatte er sich vollständig unter Kontrolle. ›Für Schüler, die in den Stallungen der Klöster arbeiteten oder ähnliche Arbeiten verrichteten, fand der Kurs donnerstags in dem Hangar statt. Du weißt sicher, daß es heutzutage nicht besonders schwer ist, ein Flugzeug zu steuern, man muß nicht einmal zum Fenster hinaussehen, um zu überprüfen, ob es den richtigen Kurs nimmt. Man muß allerdings mit äußerst komplizierten Computern umgehen.‹

›Und, hast du es schnell gelernt?‹ fragte Amatista mit rauher Stimme, wobei sie Pierres Finger beiseite schob, um nicht vorzeitig zu kommen.

›Sehr schnell.‹

Amatista atmete tief ein und aus und konzentrierte sich auf ein Mohnblumenfeld. Als sie sicher sein konnte, daß die wachsenden Wellen sie noch nicht zum Höhepunkt treiben würden, spreizte sie die Beine, stützte die Fußsohlen auf das Bett und sagte mit normaler Stimme:

›Erzähl mir, was die Frauen mit dir machten, wenn dein Flugunterricht zu Ende war.‹

›Sie erwarteten mich in einem Raum, durch den ich jedesmal gehen mußte, und zwangen mich, sie zu befriedigen. Ungefähr zehn Frauen waren es, Mitschülerinnen und Angestellte, die von meinem erigierten Penis profitieren wollten. Ich mußte mich auf einem Sofa auf den Rücken legen, und während einige von ihnen mich festhielten, zogen mir die anderen Hose und Unterhose aus. Sie verschafften mir eine Erektion, indem sie mich masturbierten oder lutschten, und dann zog sich eine nach der anderen den Schlüpfer aus und ließ sich im Reitersitz auf mir nieder. Ich lernte, meinen Samen zurückzuhalten, um einer Bestrafung zu entgehen.‹

›Worin bestand die Strafe?‹ fragte Amatista.

›Ich mußte eine nach der anderen masturbieren, und dann zwangen sie mich, mich in die Ecke zu stellen und zu masturbieren, bis ich wieder eine Erektion hatte.‹

›Und wenn es dir nicht gelang?‹

›Dann masturbierten und lutschten sie mich wieder abwechselnd.‹

›Und wenn du dann endlich kamst?‹

›Wenn ich die Ejakulation kommen fühlte, mußte ich ihnen Bescheid sagen, dann setzten sie sich im Halbkreis um mich herum auf den Boden, masturbierten und sahen zu, wie der Samen hervorschoß und über die Hand floß, mit der ich noch meinen Penis hielt.‹

›Wir wollen uns mit dem Mund lieben, Pierre‹, schlug Amatista vor und legte sich mit gespreizten Beinen zurück.

Pierres Mund über Amatistas geöffneter Rose. Pierres Knie rechts und links von Amatistas Kopf. Pierres Lippen lutschen und saugen an den fleischigen Blütenblättern, an der Knospe. Der erigierte Penis schiebt sich in den gerundeten Mund Amatistas. Die warme, feuchte Rose hebt sich Pierre ein wenig entgegen, damit die Spitze der Zunge den Eingang der Vagina erreichen kann. Der Phallus kommt und geht in Amatistas Mund. Pierres Zunge wird weich, verläßt den Eingang der göttlichen Grotte, um die Klitoris zu lieben, die Klitoris erwidert die Liebe der Zunge. Amatistas Zunge, bebend wie der Flügel eines Schmetterlings, kaum berührt sie die Vorderseite des Phallus. Plötzlich gibt Pierre seine hockende Stellung über Amatistas auf und zwingt sie, sich bäuchlings auf das Bett zu legen. Ohne Vorwarnung rammt er seinen Phallus in Amatistas Arsch. Amatista entfährt ein Schrei. Ohne seine Stellung zu wechseln, umarmt Pierre Amatista von hinten, preßt ihre Brüste, streichelt ihr Bauch und Venushügel. Zum Schluß trennt er die Schamlippen ein wenig, drückt mit der Kuppe des Mittelfingers auf die Klitoris und beginnt mit einer kräftigen Massage. Amatista stöhnt und murmelt mit rauher Stimme:

›Oh, mein Geliebter! Oh ja, mein Geliebter, weiter so! Ach, Pierre, bleib da, nicht aufhören! Pierre, mein ein und alles …

›Ich bleibe bei dir, Amatista‹, murmelt Pierre, immer noch in ihr, während sein Finger mit schnellen Auf- und Abbewegungen ihre Knospe reibt.

Jetzt hinderte Amatista nichts mehr daran, zum Höhepunkt zu kommen, jedoch ihre Hand bremst Pierre.

›Jetzt sanft und nach innen, mein Geliebter.‹

Pierres Finger schiebt sich tief in Amatistas Vagina, und er fühlt im benachbarten Gang seinen eigenen Penis. Langsam zieht er den Finger heraus und beginnt wieder mit der Reibung der Klitoris, erst sanft und dann schneller und heftiger.

›Oh, mein Geliebter‹, stöhnt Amatista mit ersterbender Stimme.

Pierres Hand hält still und bleibt liegen, und Amatista keucht im Rhythmus der sie überflutenden Wellen. Nachdem sie den Kamm der Woge erreicht hat, werden die Seufzer schwächer, bis sie verstummen.

Machen Sie weiter, Doktor, machen Sie kräftig weiter, bis Sie ejakulieren, und wenn Sie so weit sind, lassen Sie sich den Samen durch die Finger laufen.«

KAPITEL FÜNF

»Ist alles vorbereitet für den Ausflug, Doktor?«

»Ja, Señora.«

»Sehr elegant sehen Sie in Ihrer Sportkleidung aus.«

»Und Sie, Señora, Sie sehen in Ihrer weißen Bluse und in Ihrem bedruckten Faltenrock zum Anbeißen aus.«

»Sie wissen ja, warum wir diesen Ausflug nach Tigre unternehmen, Doktor.«

»Ja, Señora. Sie werden mir in dieser Umgebung von einer weiteren Begegnung Pierres und Amatistas erzählen.«

»So ist es.«

»Señora . . . «

»Ja, Doktor?«

»Mein Penis ist schon erigiert, Señora.«

»Nun, Doktor, das wird Ihnen während der Bahnfahrt und während der Überfahrt mit dem Boot ein wenig lästig werden. Winken Sie bitte einem Taxi. Sagen Sie dem Fahrer, er möchte uns nach Retiro, Station Mitre bringen.«

»Ja, Señora.«

»Zum Glück ist der Zug fast leer. Wenn wir uns hierher setzen, weg von den übrigen Reisenden, und wenn bei den Zwischenhalten keiner mehr zusteigt, können Sie zuweilen den Blitzverschluß der Jeans öffnen und sich streicheln. Mittlerweile wissen Sie ja, daß diese unvollendeten Masturbationen die beste Vorbereitung auf einen phantastischen Höhepunkt sind.«

»Ich weiß, Señora, heute beim Aufwachen habe ich mir schon einen runtergeholt.«

»Ich merke, Sie verstehen, aus meinen Lektionen eine Lehre zu ziehen, Doktor.«

»Während ich masturbierte, dachte ich an das, was Sie mir versprochen haben, Señora.«

»Ich werde mein Versprechen halten, Doktor. Sie dürfen ihn mir zu einem ausgedehnten, intensiven Koitus um neunzehn Uhr hineinstecken.«

»Ja, Señora.«

»Gefällt Ihnen dieses alte Taxi-Boot, Doktor?«

»Es ist wunderbar, Señora. Daß man hier hinten so sitzen kann, in Liegestühlen, ohne daß uns der Bootsführer von seiner Holzkabine aus sehen kann ... Durch diese stillen Flüsse und Bäche dahinzugleiten, die dichte Vegetation der Insel, die von Rosen und Glyzinien überwucherten Stege und die Häuser auf Pfählen zu genießen, dem Gesang der Vögel zu lauschen, gelegentlich ein Ruderboot zu kreuzen, dessen Insassen uns nicht zu sehen scheinen, und die ganze Zeit über diese süße Qual, mich sanft bis an den Rand des Höhepunktes zu masturbieren und dann die Hand wegzunehmen, und Sie, die Sie mir gegenübersitzen, ab und zu Ihre Bluse öffnen und mich eine Ihrer herrlichen Brüste sehen lassen ...«

»Doktor, Sie wissen, daß wir die Spielregeln einhalten müssen.«

»Ich weiß, Señora, aber ich kann der Versuchung nicht widerstehen, Ihnen zu sagen, daß ich Ihre Brüste mit beiden Händen kneten und dann die Brustwarzen mit der leichten Berührung meiner gewölbten Hand liebkosen möchte.«

»Ich weiß, Doktor. Auch ich würde gerne Ihr erigiertes Glied mit meiner Hand umschließen und seine seidige Haut auf und ab bewegen. Aber diese Übung ist erst an der Reihe, wenn es Abend wird.«

»Ja, Señora.«

»So, das Mittagessen in der Gaststätte war köstlich. Ist Ihr Penis jetzt erigiert?«

»Nein, Señora, er ist schlaff, und ich sehne mich nach diesem Spaziergang.«

»Einverstanden, Doktor. Wir werden den Pfad unter den Pinien am Ufer entlanggehen. Die Inhaberin der Gaststätte hat mir gesagt, dreihundert Meter von hier befände sich ein verlassener Steg. Man braucht keine Angst zu haben, daß irgendein Schiff anlegt, denn die Treppe ist kaputt.«

»Da ist der Steg. Hier stehen die bequemen Rohrstühle, die die Inhaberin der Gastwirtschaft für uns aufstellen ließ. Machen Sie ruhig Ihren Reißverschluß auf, und ich fange an. Wieder erigiert?«

»Ich fürchte, ja, Señora.«

»Sie haben ja schon eingesehen, daß man nicht ständig ejakulieren muß. Im Gegenteil. Das Organ wird gekräftigt und funktioniert besser, wenn man versteht, abzuwarten.

Amatista und Pierre waren, wie ich schon sagte, Mitglieder in einem Ruderclub, und sie ruderten oft auf dem Tigre. Im Sommer holten sie sich frühmorgens ein Boot, ruderten abwechselnd und nutzten die Einsamkeit, um sich voreinander zur Schau zu stellen. Wenn Pierre ruderte, zeigte ihm Amatista, die ihm gegenübersaß, erst die eine Brust, dann die andere, auch beide, und dabei liebkoste sie ihre Brustwarzen.

Unter dem weiten Rock konnte sie sich leicht den Schlüpfer ausziehen und Pierre, wenn sie den Rock hob, das seidige Dickicht zeigen. Zuweilen legte sie ihre Hand auf den Venushügel, bevor sie die Beine noch weiter spreizte, um das Innere der Rose sichtbar werden zu lassen und sich langsam, mit kreisförmigen Bewegungen zu massieren.«

»Hätte es da nicht leicht einen Unfall geben können, Señora?«

»Nein, Doktor, die beiden waren erfahrene Ruderer und kannten Flüsse und Bäche in- und auswendig. Auch das zweite Unfallrisiko, der vorzeitige Erguß Pierres nämlich, war gering. Dafür garantierten Pierres ausgedehnte Übungen mit den Frauen im Hangar und mit Amatista selbst. Was Amatista betrifft, so habe ich Ihnen ja bereits erklärt, Doktor, daß Frauen sich naturgemäß besser zurückhalten können als Männer. Wie ich schon sagte, rieb sich Amatista ihren Venushügel mit dem gepolsterten Teil der Handfläche unmittelbar über dem Handgelenk, unterhalb der Vertiefung im Handteller. Verstehen Sie, welchen Teil der Hand ich meine?«

»Ja, Señora, es ist der Teil der Hand, den wir benutzen, um Druck auszuüben, wenn wir zum Beispiel die Kleberänder eines Briefumschlages festdrücken wollen. Masturbieren sich Frauen äußerlich so, Señora, ich meine, ohne die Blütenblätter zu öffnen, noch die Knospe zu berühren?«

»Nicht ausschließlich auf diese Art. Sie können auch die Hand über die ganze Scham legen und reiben; um zusätzlich Druck auszuüben, können sie die andere Hand auf den Rücken der reibenden Hand legen.«

»Hat diese Art der Masturbation Vorteile

gegenüber der, die man an der, sagen wir, geöffneten Rose vornimmt?«

»Ich würde nicht von Vorteilen oder Nachteilen reden, Doktor. Mit diesen äußerlichen Reibungen der Klitoris kann man manchmal, nach einem Höhepunkt, der durch die Massage der Klitoris oder durch die Kombination dieser Massage mit der Reizung der Schamlippen und der vaginalen Penetration zustande kam, fast unmittelbar danach einen zweiten Höhpunkt erreichen. Deutlich verstärkt sich der Effekt dieses Reibens – und das gleiche gilt für die Liebkosungen, die die Fingerkuppe im Inneren der Rose ausführt – noch durch die Kontraktion. Frauen können das gesamte Organ zusammenziehen und selbstverständlich auch wieder entspannen. Manchmal praktizieren sie diese Kontraktionen ohne vorausgegangene manuelle Reizung, erst nach einigen Kontraktionen und der folgenden Entspannung eilt die Hand herbei, um mitzupielen; sie liebkost, reibt, zieht sich zurück, streichelt und reibt von neuem. Jedoch können auch die Kontraktionen alleine zum Höhepunkt führen, wenn z. B. die Sitzfläche gegen eine Unterlage gepresst wird, wie Mädchen das gelegentlich tun, wenn sie noch nicht gelernt haben, sich zu masturbieren. Alle diese Dinge tat Amatista, während Pierre ruderte, und als sie dann ruderte, war Pierre an der Reihe, seine

Masturbationstechniken vorzuführen sowie sein ausgeprägtes Geschick, rechtzeitig an sich zu halten, und seinen Saft nicht zu vergießen.«

»Wenn ich noch einmal auf diese Vaginalkontraktionen zurückkommen darf, die Sie eben erwähnten, Señora ...«

»Ja, Doktor.«

»Ich habe sie während des Koitus gespürt, Señora. Sie üben einen wonnevollen Druck auf meinen Penis aus.«

»Natürlich, Doktor.«

»Machten Amatista und Pierre das Boot an irgendeinem Steg fest, um sich in die Arme nehmen zu können, Señora?«

»Nein, Doktor, nicht tagsüber. Sie machten das Boot fest, um in irgendeinem Gasthaus einzukehren oder im klaren Wasser eines Baches zu schwimmen oder einfach nur, um auszuruhen. Die Befriedigung ihrer Begierden hoben sie sich für die Nacht auf. Später kehrten sie zum Club zurück, gaben das Boot ab und duschten, jeder in seinem Ankleideraum. Anschließend trafen sie sich im Garten, wo Tische und Stühle standen und tranken ihren Cocktail.«

»Amatista bestellte ihren Alexander.«

»So ist es, Doktor, Amatista trank ihren Lieblingscocktail. Sie sah blendend aus in ihrem weißen Strandkleid, das die Bräune der samtenen Haut noch betonte.«

»Und was trank Pierre?«

»Im allgemeinen einen halbtrockenen San Martín.«

»Ich nehme an, in dem Garten wurde getanzt, Señora.«

»Das will ich meinen. Amatista und Pierre, frisch, ausgeruht und entspannt nach der Dusche, hatten ihren Spaß daran, sich im Rhythmus von Foxtrott und Bolero zu bewegen. Und jetzt schlage ich vor, Doktor, daß wir zum Gasthaus zurückkehren und Tee trinken.

Sind diese Schweizer Torten nicht köstlich? Wir können uns jetzt auf die Veranda setzen, Doktor, und auf die malerische Abenddämmerung über den Inseln warten. Die Sonne wird bei der Insel gegenüber, hinter den Eukalyptusbäumen, untergehen.«

»Ja, Señora, und Sie können mir erzählen, was Amatista und Pierre taten, nachdem sie ihren Cocktail getrunken und getanzt hatten.«

»Machen Sie es sich bequem, Doktor. Außer uns wird niemand auf diese Veranda kommen; ich habe mit der Chefin des Hauses abgesprochen, daß die Veranda in den nächsten zwei Stunden nur uns beiden zur Verfügung steht.«

»Wird unser Koitus hier stattfinden, Señora?«

»Nein, nein. Die Gastwirtin hat uns ein Zimmer reserviert. Ich liege lieber in einem bequemen Bett mit Laken, die nach Lavendel duften als in diesen Rohrstühlen.«

»Sie haben recht, Señora.«

»Nachdem sie ihre Gläser geleert und getanzt hatten, brachen Pierre und Amatista zu einem Spaziergang auf der Insel auf. Da, wo das Clubgelände endete, stand ein kleines Pinienwäldchen. Pierre, der sich zu der Zeit im Ruderclub bereits zu einem weltgewandten jungen Mann entwickelt hatte, kannte den Wert eines schönen, romantischen Augenblicks. Hand in Hand schritten Amatista und er durch das Gehölz, wie zwei junge Verliebte, die sich körperlich nur bei der Umarmung im Tanz nähergekommen waren. Als sie im Herzen des Waldes ankamen, blickte Pierre im Dämmerschein des Mondlichts und im Schatten der Pinienzweige Amatista tief in die Augen, umarmte sie und küßte sie auf den Mund. Amatista öffnete leicht ihre Lippen, um Pierres Zunge einzulassen, und ihre Zunge erwiderte seine Liebkosungen. Der lange Kuß ließ ihren Körper erbeben, die Rose wurde feucht, sie sehnte sich nach dem Besuch von Pierres Penis in dem engen Loch. Es ist wirklich bedauerlich, daß ich hier das Wort ›Loch‹ benutzen muß; sie werden bemerkt haben, Doktor, daß ich bisher immer ›Eingang‹

gesagt habe. Der heimliche Tunnel der Liebe ist ja nicht eigentlich ein Loch, wie Sie sicher selbst schon bemerkt haben, Doktor. Wenn der Penis eindringt, bahnt er sich seinen Weg durch zarte, fleischige Falten, die ihn umhüllen und zärtlich umfangen. Als Amatista und Pierre sich in dem Wäldchen küßten, wünschte sie sich sehnlichst diesen Besuch, und Pierre sehnte sich danach, zu ihr zu kommen. Vorläufig aber spielte Pierres Zunge weiter mit ihrer Zunge, und Amatista war es, als liebkose er auch ihre Knospe.

Der Kuß dauerte lange, und die Hand Pierres begann ihre Wanderung über Amatistas Körper, sie schob sich in den tiefen Ausschnitt des Sommerkleides und massierte eine Brust; sie glitt vom Gürtel abwärts, um eine Pobacke zu umfangen, und dann weiter hinab, um die Rückseite der Oberschenkel zu streicheln, bis sie an der Kniekehle ankam. Der intimste und erregendste Augenblick nahte, als Pierre sich noch ein wenig bückte, Amatistas Rock hob und seine Hände tastend und streichelnd über Amatistas Schenkel fuhren, über die warmen, nackten Schenkel. Dann glitten Pierres Hände wieder hinab, er legte die Handflächen seitlich an Amatistas Knie und ließ sie an den Seiten der Oberschenkel langsam hinaufwandern, bis sie am Rand der Beinöffnung des Schlüpfers zur Ruhe kamen. Das Spiel der Zungen wurde immer schneller und intensiver. Pierres Hände suchten neue Wege, seine Handflächen glitten über die Vorderseite der Schenkel hinauf bis an den Schlüpfer und streiften wie zufällig den Venusberg unter dem glatten Atlasstoff der Wäsche. Amatista preßte sich heftig an Pierre, sie keuchte und küßte seinen Hals. Sekunden später fanden sich die Münder wieder, und jetzt schob sich ein Finger Pierres unter den Rand des Schlüpfers. Doktor, stellen Sie sich vor, was passiert, als Pierres Finger in das Heiligtum eingedrungen ist, und masturbieren Sie dabei entspannt weiter.

Amatista schmiegt sich noch immer an Pierre und spürt die Berührung seiner Hand, die unter den Schlüpfer geglitten ist und jetzt auf dem Venushügel liegt. Pierres Finger liebkost das Vlies zu beiden Seiten der Öffnung. Und plötzlich, ohne daß sie weiß, wie ihr geschieht, spürt Amatista die Berührung von Pierres Finger auf der Knospe.«

»Pierre masturbiert Amatista?«

»Ja, diesmal liegt ihm nichts daran, den Augenblick des Höhepunkts hinauszuschieben. Amatista ist heiß, ihr Becken schiebt sich vor und zurück, und endlich steht sie still. Auch Pierre stellt sein Reiben ein, als er das Beben der geöffneten Rose spürt.«

»Und dann?«

»Amatista löst sich aus der Umarmung,

streift den Rock herunter und streicht ihr Kleid glatt. Pierre schlingt seine Arme um ihre Taille, sie legt ihre Arme um Pierres Hals. Als sie sich an ihn preßt, entdeckt sie, daß sie immer noch heiß ist. Aber jetzt will sie nur eins: sich an Pierre pressen.

Ja, Doktor, sie preßt sich an ihn, ihr Venushügel schmiegt sich an den erigierten Penis. Dann löst sie sich wieder. Sie wechselt ab zwischen Anschmiegen und Loslösen. Wenn sie sich anschmiegt, zieht sie die Vagina zusammen, wenn sie sich loslöst, entspannt sie.«

»Kommt sie so zu einem zweiten Orgasmus?«

»Ja, Doktor, sie bekommt einen sehr intensiven Orgasmus. Pierre wartet, bis Amatistas Atem wieder ruhiger geht, dann knöpft er seine Hose auf und führt Amatistas Hand an seinen Phallus. Amatistas Finger berühren die zarte Haut des steifen, erigierten Penis. Sanft öffnet und schließt sich ihre Hand um den Phallus. Pierre legt seine Hand über die Amatistas, und beider Hände gleiten auf und ab, auf und ab, sie schieben die Haut nach oben und nach unten. Pierres Hand fordert von Amatistas Hand immer schnellere, kräftigere Bewegungen, bis Amatista unter ihren Fingern die warme Samenflüssigkeit hervorquellen fühlt.

Es ist zwar noch nicht neunzehn Uhr, aber ich glaube, wir können dennoch ins Schlafzimmer hinaufgehen und uns auf den Koitus vorbereiten, Doktor«.

»Mit tausend Freuden, Señora.«

»Diesmal entkleiden Sie mich und folgen dabei Schritt für Schritt meinen Anweisungen.«

»Ich bin entzückt, Señora.«

»So, da wären wir. Sie entkleiden sich erst, wenn ich nackt bin und im Bett liege.«

»Ja, Señora.«

»Beginnen Sie bitte mit der weißen Bluse aus grobem Linnen.«

»Señora, darf ich einmal selbst die Initiative ergreifen?«

»Aber natürlich. Was würden Sie den gerne tun?«

»Ich würde gerne eine Hand in Ihren Ausschnitt stecken und eine Ihrer Brüste umfangen, und dann würde ich gerne Hand und Arm unter ihren weiten Rock schieben und einmal kurz Ihre Rose drücken. Das kann ich nicht mehr tun, wenn Sie nackt sind. Mir fällt wieder ein, wie ich damals einem jungen Mädchen unter der Bluse herumfingerte, auf einer dunklen Straße . . .«

»Tun Sie, was Ihr Herz begehrt, bevor Sie mich ausziehen, während Sie mich ausziehen und nachdem Sie mich ausgezogen haben. Erzählen Sie mir von damals.«

»Ich war achtzehn Jahre alt ... Es klingt zwar unwahrscheinlich, aber ich hatte noch nicht viel Erfahrung und das Mädchen noch weniger als ich. Wir umarmten und küßten uns auf dunklen Straßen ... Eines Tages schob ich, ohne Vorankündigung, zum ersten Mal die Hand in den Ausschnitt ihrer Bluse. Sie wich ein wenig zurück, und ich hatte Angst, daß sie wegrennen würde, aber sie war nur zurückgewichen, damit ich bequemer an ihren Ausschnitt herankam ... oh, Señora ...«

»Ja, Doktor?«

»Ich habe eine gewaltige Erektion, Señora, ich wußte nicht, daß mich die Erinnerung so erregt ...«

»Das muß an dem starken Duft des Geißblattes liegen, der durch das Fenster hereinströmt. Kommen Sie, Doktor, wir legen uns hin, angekleidet, und Sie erzählen weiter, dabei dürfen Sie mich anfassen, wo Sie wollen.«

»Ja, Señora. Ich nahm ihre Brust in meine Hand. Ich wollte sie nur pressen, kneten, aber plötzlich fühlte ich, wie die zarten Finger von ...«

»Wie hieß sie?«

»Angela. Sie hieß Angela. Ich spürte, daß die zarten Finger Angelas meine Finger führten und sie lehren wollten, wie man eine Brustwarze liebkost.«

»Sie machen es sehr gut, Doktor. Vergessen

Sie nicht, auch zart zu kneifen. Bei allem, was die Behandlung der Brüste angeht, ist ›sanft‹ das Schlüsselwort. Denken Sie immer an die Wörter ›Berührung‹, ›leichte Berührung‹, ›leicht berühren‹, ›sanft pressen‹, ›sanft kneten‹.«

»Ich werde Ihnen die Bluse und das Mieder ausziehen, Señora.«

»Ja, Doktor. Ich bin mir nicht ganz sicher, ob das von Ihnen benutzte Wort ›corpiño‹, für das Mieder, zum universellen Spanisch gehört.«

»Ich fürchte, nein, Señora. Ich habe für das gleiche Wäschestück auch die Bezeichnung ›sostén‹ gelesen, ich weiß nicht, ob in Spanien oder Lateinamerika. Wo war es noch? Auf jeden Fall möchte ich Sie bitten, sich hinzusetzen, damit ich Ihnen die Bluse ausziehen kann und desgleichen das Wäschestück mit den beiden Schalen, die Ihre appetitlichen Brüste bergen.«

»Da Sie gerade das Wort ›appetitlich‹ erwähnen, fällt mir ein, daß ich dem heutigen Wortschatz noch die beiden Wörter ›lecken‹ und ›saugen‹ hinzufügen muß (Sie wissen ja, das Letztere ist mit Vorsicht zu genießen, denn es ist recht deftig) und daß die sanfte Berührung der Zähne in Verbindung mit dem Spiel von Lippen und Zunge sowohl für den, der gibt, als auch für den, der nimmt, ganz köstlich ist.«

»Ja, Señora. Jetzt habe ich Ihnen die Bluse ausgezogen und werde den Verschluß des Wäschestücks öffnen, das Ihre Brüste birgt. Ich möchte Sie gerne anschauen, so, wenn Ihre Brüste noch vom erschlafften Stoff des Mieders oder Büstenhalters bedeckt sind. Meine Finger unter den erschlafften Stoff schieben und beide Brustwarzen gleichzeitig liebkosen. Ich möchte gerne mein erigiertes Glied in Ihre enge Höhlung schieben, Señora.«

»Ich weiß, Doktor, aber warten Sie noch. Was geschah damals, nachdem Sie Angela die Hand in den Ausschnitt geschoben hatten?«

»Bei den folgenden Spaziergängen wurden wir jedesmal intimer. Während einer dieser Umarmungen auf einer einsamen, dunklen Straße schob ich, nachdem ich nun schon gekonnt mit Angelas Brüsten umgehen konnte, meinen einen Schenkel ein wenig zwischen ihre Beine. Sie reagierte sofort, indem sie praktisch auf meinen Schenkel aufstieg. Während wir uns unaufhörlich küßten und ich ihr weiter die Brüste liebkoste, schoben wir gemeinsam ihren weiten Rock hoch, damit ihre Rose, und sei es auch nur durch den trennenden Stoff meiner Hose und ihres Schlüpfers, meinem Schenkel näher käme.«

»Ja, Doktor. Ich muß Sie jetzt unterbrechen, um Ihnen eine Frage rein technischer Art zu stellen.«

»Ja, Señora.«

»Haben Sie sich wieder beruhigt?«

»Ja, Señora. Die Erektion ist unverändert, aber ich kann mich nun gelassener diesen zärtlichen Erinnerungen hingeben, während ich Ihnen das Wäschestück ganz ausziehe, das Ihre Brüste birgt, und ihnen einige Augenblicke der Bewunderung schenke.«

»Mit meinen Brüsten waren noch niemals Lorbeeren zu ernten. Sie passen in die Höhlung Ihrer Hand.«

»Das ist ja das Entzückende, Señora. Könnten Sie mich wohl masturbieren, während ich Ihre Brüste liebkose?«

»Selbstverständlich, Doktor. Es freut mich, daß Sie darum bitten. Ich glaube, ich muß jetzt meine Hand in Ihre Hose schieben.«

»Ich bitte sehr darum, Señora.«

»War es das, was Angela machte, als sie ihn zum ersten Mal in die Hand nahm?«

»Oh ja, Señora. Zuerst streichelte sie mich schüchtern mit der Handfläche. Dann betastete sie auch mein Schamhaar und meine Hoden.«

»Sanft?«

»So sanft, wie man es sich nur vorstellen kann, Señora.«

»Ihre Hand strich über die seidige Haut des Phallus hinauf und hinab, spürte das Kitzeln der Schamhaare und erfühlte die heimliche Rundung der Hoden?«

»Ja, Señora. Ich mußte selbst ihre Hand mit meiner Hand um den Phallus schließen und dann mit den Auf- und Abbewegungen beginnen.«

»Gut, aber wir waren bei dem Augenblick, als Angela auf ihren Schenkel aufsteigt, Doktor.«

»Aufsteigt und losreitet, Señora. Sie preßt sich an meinen Schenkel, reibt sich, ihre Beine umklammern mein Bein mit aller Kraft, ich spüre, wie ihre Rose sich an meinen Schenkel drängt... und plötzlich entspannt sie sich und stöhnt... Ich halte sie umschlungen, und sie birgt ihr Gesicht an meiner Brust, um ihr Stöhnen zu ersticken... Denken Sie daran, wir waren in einer dunklen Straße...«

»Ich denke daran.«

»Ich möchte mich ausziehen, Señora.«

»Erinnern Sie sich an die Spielregeln?«

»Gewiß. Sie sehen sehr hübsch aus, in Ihrem weiten Rock und nackt vom Gürtel aufwärts.«

»Danke, Doktor. Finden Sie den Verschluß?«

»Ja, hier ist er. Jetzt der Reißverschluß... Bezaubernd, Ihr Schlüpfer, Señora. Sah Amatistas Wäsche auch so aus?«

»So ist es, Doktor. Es ist ein Revival-Stück,

aber dem Stoff des Originals ist man immerhin treu geblieben, echter Atlas aus weißer Seide, valenzianische Stickerei ...«

»Und er verhüllt alles, Señora, vom Gürtel bis zu den Weichen. Nicht einmal das Schamhaar wird an den Rändern der ... Löcher? sichtbar, durch die die Beine schlüpfen. Ich habe auch, wie Sie, Señora, Schwierigkeiten, dieses Wäschestück zu beschreiben.«

»Habe ich Schwierigkeiten gehabt?«

»Wenn Sie sie noch nicht gehabt haben, werden Sie sie mit Sicherheit bekommen, Señora. Merken Sie sich meine Worte. Erlauben Sie mir, Sie zu umarmen, Señora, während ich Ihnen den Schlüpfer ausziehe. Mit einem Arm ziehe ich Sie an mich, die andere Hand kümmert sich um Ihren Schlüpfer. Bevor ich ihn ausziehe, würde ich gerne meine Hand hineinschieben und Ihre Hinterbacken kneten.«

»Sie können beide Hände dazu benutzen, Doktor, ohne die Umarmung zu lösen.«

»Señora, ich erinnere mich noch, daß Angela zierlich war, wie Sie, und ich hob sie beinah in die Luft, wenn ich ihre Hinterbacken umfaßte und ihr Becken an mein Becken preßte.«

»Venushügel gegen erigierten Penis, Doktor?«

»Venushügel gegen erigierten Penis, Señora. So, Señora.«

»Ausgezeichnet.«

»Also, Señora, ich umarme Sie jetzt mit dem linken Arm und ziehe Ihnen auf der rechten Seite den Schlüpfer ein wenig herunter, dann wechsele ich den Arm und benutze die rechte Hand, um den Schlüpfer auf der linken Seite hinunterzuziehen.«

»Ich spüre Ihr erigiertes Glied, es drängt sich aus Ihrer Hose, Doktor, und ist jetzt ganz nah an meiner Rose . . .«

»An Ihrer noch geschlossenen Rose, Señora . . . Ich arbeite mit beiden Händen weiter, damit Ihnen der Schlüpfer bis zur Hälfte der Oberschenkel hinunterrutscht, ich umarme Sie, damit mein erigierter Penis und Ihre geschlossene Rose eine erste Berührung haben, unter der kitzelnden Beteiligung des dichten, gelockten Schamhaares. Jetzt löse ich die Umarmung und bücke mich, damit ich Ihnen den Schlüpfer bis zu den Füßen hinabziehen kann, meine Lippen machen eine hastige Reise über Ihren Bauch, Ihren Unterleib mit dem seidigen Dickicht, über Weichen und Schenkel . . . Schon liegt der Schlüpfer auf dem Boden. Ich bitte Sie, Señora, erst mit dem rechten, dann mit dem linken Fuß einen Schritt voran zu machen, damit ich Sie auf meine Arme nehmen und zum Bett tragen kann . . . Ich werde Ihnen auch die Sandalen ausziehen, Señora. Wollen Sie jetzt bitte Ihren Finger auf die halboffene

Rose legen, Señora, jetzt, da Sie nackt sind und auf dem Bett liegen, so wie Sie es wünschten?«

»Ja, Doktor, ich werde masturbieren und dabei zusehen, wie Sie sich ausziehen und die Pracht Ihres erigierten Penis enthüllen.«

»Das Ende dieses schönen Tages auf der Insel ist nahe, Doktor.«

»Der Koitus war phantastisch, Señora.«

»So ist es, Doktor. Sie übertreffen sich von Koitus zu Koitus.«

»Zu einem gewissen Zeitpunkt glaubte ich, ich könne den Penis nicht noch einmal herausziehen, aber dann konnte ich doch.«

»Und da schauten Sie zum Fenster hinaus, nicht wahr?«

»Ja, Señora. Da sah ich, daß es draußen schon finstere Nacht war.«

»So ist es, Doktor. Wir müssen uns zum Aufbruch bereit machen. Das alte Taxi-Boot wartet schon am Kai.«

KAPITEL SECHS

»Hallo, Doktor. Wie schön, Sie heute in diesem Nachtlokal zu treffen. Nach unserem Ausflug zum Delta tut ein bißchen städtisches Leben doch wieder sehr gut.«

»Aber das Delta ist doch wundervoll, Señora. Als ich bei einer, nun, nennen wir es Unterbrechung des Koitus ans Fenster ging, um meinen Samen nicht vorzeitig zu vergießen, versetzte mich der Anblick des Mondes, der sich im Wasser spiegelte, in Erstaunen. Noch größer jedoch war mein Erstaunen, als ich bei meiner Rückkehr zum Bett entdeckte, daß Sie die Stellung gewechselt hatten.«

»In der Tat, Doktor, ich fühlte, angeregt durch den Duft von Geißblatt und Jasmin, den Drang, die Stellung einer Hündin einzunehmen, und verzeihen Sie mir den Vergleich aus der Tierwelt.«

»Es war köstlich, von hinten in Sie einzudringen, Señora, mit Ihren Brüsten in meinen Händen. Aber erlauben Sie, es handelt sich hier nicht um einen zoologischen Vergleich. Der Hund ist ein menschliches Wesen, nicht wahr?«

»Sie haben recht, Doktor, aber Katzen sind anders. Katzen sind übernatürliche Wesen.«

»Ja, Señora. Was möchten Sie trinken?«

»Einen Alexander.«

»Gab es in dem Nachtclub Las Violetas immer diese Tür mit der Aufschrift ›PRIVAT‹ im Hintergrund?«

»Selbstverständlich, Doktor.«

»Ob Amatista und Pierre wohl gerade hinter dieser Tür kopulieren?«

»Hinter dieser Tür befindet sich die halbwüchsige Amatista, jedoch nicht mit Pierre, sondern mit Mariolina.«

»Diesem Mädchen, daß sich später in einen Herrn verwandelte?«

»Ja, Doktor. Wer heute auf die Idee kommt, die Tür mit der Aufschrift ›PRIVAT‹ zu öffnen, wird verdutzt feststellen, daß er nicht etwa in einem viereckigen Raum landet, der ursprünglich einmal als Büro diente, sondern daß er sich auf der Straße wiederfindet.«

»Heißt das, daß es einen weiteren Ausgang gibt? Einen Ausgang zur Calle Bartolomé Mitre vielleicht?«

»Nein, Doktor. Wie Sie sehen, ist das Lokal nicht so groß. Man landet auf einer schmalen Straße mit Kopfsteinpflaster, die nur unzureichend beleuchtet ist. Ein Passant befindet sich vor einem düsteren Gebäude mit mehreren Stockwerken. Er stößt ein riesiges Eingangstor auf und macht ein paar Schritte, um seinen Standpunkt genauer in Augenschein zu nehmen. Es handelt sich um eine geräumige Säulenhalle, die vollständig leer ist. Im Hintergrund ist eine Marmortreppe.«

»Das verstehe ich nicht, Señora.«

»Was verstehen Sie nicht?«

»Ich verstehe den Sinn dieser Übung nicht. Mein Penis ist völlig zusammengeschrumpft.«

»Das soll auch so sein, Doktor, denn heute schreibt die Spielregel vor, erst einmal zuzuhören, bevor sie masturbieren. Und zum anderen könnten Sie hier in diesem Nachtlokal unter den Blicken all der müßigen Neugierigen gar nicht masturbieren. Wir gehen dann bald in Ihr Hotelzimmer.«

»Ja, Señora.«

»Wie ich schon sagte, ist der Passant in die geräumige, leere Halle eingetreten, und jetzt geht er auf die Treppe zu, steigt sie hinauf und landet in einem langen Gang mit zahlreichen Türen. Ohne zu zögern, als kenne er sein Ziel schon, bleibt er vor einer Tür stehen, kniet nieder und späht durch das Schlüsselloch. Das Schlüsselloch ist sehr groß, fast schon ein rundes Guckloch, durch das der Passant Einblick in einen geschmackvoll ausgestatteten Raum hat, in dessen Mitte ein großes Himmelbett steht. In dem Bett albern zwei eben heiratsfähige junge Mädchen herum, niemand anders nämlich als Amatista und Mariolina. Sie wissen sicher, daß solche Backfische entsetzlich sind, Doktor.«

»Sie können sich nicht zusammennehmen, Señora.«

»Sie sind unfähig, Haltung zu bewahren, Doktor. Amatista und Mariolina haben ihre Nachthemden an, lange Flanellhemden, darunter tragen sie Flanellunterhosen mit Gummizug im Bund und in den Löchern, wo die Beine durchschlüpfen. Doktor, sehen Sie mir mein unglaubliches Ungeschick bei der Beschreibung des Schlüpfers nach. Diese Löcher, wo die Beine durchschlüpfen, müssen doch irgendeinen Namen haben. Wir wollen nun hören, was die beiden Mädchen sagen:

›Sag mal, Mariolina‹ sagte Amatista, ›drückst du gerne deine Pobacken gegen die Sitzfläche von einem Stuhl?‹

›Furchtbar gerne, und wenn ich lange gesessen habe, habe ich ein ganz komisches Gefühl da unten, und dann muß ich mich noch stärker an den Stuhl pressen.‹

›Und je mehr du drückst, desto größer wird auch die Lust zu drücken, nicht wahr?‹

›Ja, Amatista, ich presse mich immer stär ker dagegen, bis die kleine Welle kommt.‹

›Meine kleine Welle kommt immer in der letzten Unterrichtsstunde. Die Lehrerin ist dann genauso erledigt wie wir und bemerkt nichts.‹

›Bei mir kommt die kleine Welle, wenn ich

Mama zum Kaffeekränzchen begleite. Weil ich schon groß bin, muß ich mich zu den Damen setzen. Aber ich beteilige mich nicht an ihrer Unterhaltung. Ich denke statt dessen an meinen Cousin Hernán.‹

›Hat er dir ihn endlich gezeigt, wie er neulich angekündigt hat?‹

›Das erzähle ich dir gleich. Aber zeig mir erst mal, wie viele Haare du schon hast, Amatista.‹

›Dazu muß ich mir den Schlüpfer ausziehen und näher an die Kerze rücken. Vergiß nicht, daß dieses Zimmer von Kerzen beleuchtet wird.‹

›Tu das.‹

›Und wenn meine Mama hereinkommt?‹

›Du kannst den Schlüpfer unter das Kopfkissen stecken, wenn du ihn ausgezogen hast. Wir legen uns auf deine Seite, dein Nachttisch ist am weitesten von der Tür entfernt. Wir können uns ein bißchen unter den Decken verstecken, während du dich an den Leuchter schiebst. Sobald wir deine Mutter kommen hören, decken wir uns richtig zu und tun so, als ob wir fest schlafen.‹

›Einverstanden.‹

›Willst du, daß ich dir auch meine Haare zeige?‹

›Klar. Komm, ich helfe dir, den Schlüpfer auszuziehen. Sag mal, Mariolina, warum preßt du die Beine zusammen?‹

›Weil ich unwahrscheinliche Lust habe, die Beine zusammenzupressen.‹

›Spürst du, daß die kleine Welle kommt?‹

›Kann schon sein.‹

›Warte ein bißchen, Mariolina, laß mich dir den Schlüpfer ausziehen. Hast du deinem Cousin endlich erlaubt, seinen Finger unter deinen Schlüpfer zu schieben?‹

›Ja, aber mehr nicht. Hernán ist schon ein richtiger Mann mit allem Drum und Dran, und vielleicht will er dann ... du weißt schon, und ich bin doch noch zu jung.‹

›Ja, klar. Zeig mal, Mariolina. Ach, was für wunderschöne Haare! Richtige Locken! Ziehst du oft daran?‹

›So oft ich kann.‹

›Hilfst du mir, mir meinen Schlüpfer auszuziehen?‹

›Sicher. Und jetzt stopfen wir die Schlüpfer ganz schnell unter das Kopfkissen. Deine Haare sind sehr hübsch. Sag mal, Amatista, wird es bei dir da manchmal feucht?‹

›Klar doch, es wird glitschig da drin.‹

›Achtung, Amatista! Draußen ist jemand. Komm, wir decken uns lieber gut zu. Jetzt höre ich nichts mehr, aber wir bleiben für alle Fälle so liegen.‹

›Klar. Hör mal, Mariolina ... ‹

›Ja, Amatista. Oh, was machst du da?‹

›Ich wollt dich fragen, ob ich dich anfassen darf, aber mein Finger war schneller als mein Mund. Willst du mich nicht auch anfassen?‹

›Mama hat gesagt, ich darf meine Knospe nicht anfassen.‹

›Meine Mama hat das auch gesagt, aber du faßt ja deine Knospe nicht an, und ich fasse meine auch nicht an, nicht wahr?‹

›Du bist ja listig! Faßt du dich denn nie an?‹

›Und du?‹

›Ich fasse mich nicht an, Amatista.‹

›Wer faßt dich denn an?‹

›Mein Cousin Hernán, seit ich ihn neulich seinen Finger in meinen Schlüpfer schieben ließ.‹

›Erzähl mir, wie das war.‹

›Ja gut, aber erst will ich deine Knospe finden. Da ist sie ja.‹

›Mmm . . . ‹

›Also, das war so. Am Sonntag waren wir hier in unserem Landhaus und hatten gerade das Mittagessen hinter uns.‹

›Landhaus? Aber es liegt doch direkt an einer gepflasterten Straße?‹

›Das ist eine Vorortstraße. Hinter dem Haus fangen schon die Felder an.‹

›Ja, Mariolina.‹

›Also, wir hatten gerade mit der ganzen Familie Mittag gegessen, mit meinen Eltern, meinen Großeltern, meinem Onkel und meiner Tante, den Eltern von Hernán.‹

›Und mit seinen kleinen Geschwistern?‹

›Ja, auch mit seinen kleinen Geschwistern, die immer durch das Schlüsselloch gucken, und die taube Großtante war auch da. Es war ein sehr heißer Tag. Durch die offenen Fenster des Eßzimmers strömte der Duft nach Stroh, der Ausdrusch, du weißt schon. Man hörte auch den Gesang der Vögel und das Summen der Insekten. Amatista, nimmst du den Finger vielleicht kurz weg, solange ich erzähle? Ich kann nicht weiterreden, wenn ich spüre, daß die kleine Welle kommt. Also, es war, wie gesagt, sehr heiß. Nachdem Eis, Kaffee und Likör serviert worden waren, gingen die Männer in das Herrenzimmer, um ihre Zigarre zu rauchen. Frauen und Kinder zogen sich zur Siesta in die Schlafzimmer zurück. Nur Hernán und ich blieben unter dem Vorwand im Speisezimmer, uns Papas Schmetterlingssammlung ansehen zu wollen. Während wir vor der Vitrine standen, zwickte mich Hernán immer wieder in den Hintern. Die ganze Zeit über hörten wir die Stimmen der Männer aus dem Herrenzimmer. Als ich mich bückte, um Hernán die großen Falter im untersten Regal zu zeigen, bückte er sich ebenfalls und knetete mit beiden Händen meine Pobacken. Weißt du, es ist gar nicht so einfach, einem durch Faltenröcke und gestärkte Unterröcke hindurch den Po zu kneten. Währenddessen mußten die Männer den Salon verlassen haben und auf ihre Zimmer gegangen sein, denn jetzt hörten wir ihre Stimmen nicht mehr.‹«

»Señora, darf ich einen Augenblick unterbrechen?«

»Aber selbstverständlich, Doktor.«

»Könnten wir einen Einschub machen und in unser Hotelzimmer umziehen?«

»Dem steht nichts im Wege, Doktor.«

»Mein Penis ist zu stark erigiert, Señora, und ich möchte ungern hier, in dem Nachtclub Las Violetas, ejakulieren.«

»Einverstanden, Doktor. Aber Sie haben Ihren Cocktail noch gar nicht getrunken.«

»Das macht nichts, Señora. Ich habe es über dem Zuhören vergessen. Ich werde uns dann einen goldenen Schimmer über die Eiswürfel gießen, die wir in den Gläsern auf dem Tischchen im Hotelzimmer vorfinden werden.«

»So, Doktor. Liegen Sie bequem? Wie ich sehe, hat Ihre Erektion nicht nachgelassen, aber ich glaube, Sie sind jetzt ruhiger. Sie bleiben im Bett liegen, an die weichen Kissen gelehnt, die ich Ihnen untergeschoben habe, damit Kopf und Oberkörper etwas erhöht liegen. Nackt vom Gürtel abwärts, aber verhüllt von Laken und Decke. Und ich sitze in einem Schaukelstuhl an Ihrem Bett, in meinem strengen, grauen, hochgeschlossenen Kleid mit dem weißen Webkragen, dem wadenlangen Rock, den elfenbeinfarbenen Seidenstrümpfen und den geknöpften, glänzenden Schuhen aus braunem Ziegenleder.«

»Es nützt nichts, Señora. Trotzdem möchte ich am Ende der Übung in Sie eindringen.«

»Einverstanden, Doktor, aber heute schreibt die Spielregel vor, daß ich angezogen bleibe und mich vornüber beuge, den Oberkörper parallel zum Boden und die Hände auf das Bett aufgestützt. Vorher werde ich mir natürlich den Schlüpfer ausgezogen haben. Sie werden von hinten in mich eindringen.«

»Ja, Señora.«

»Sie können jetzt, während Sie mir zuhören, unter der Decke masturbieren, aber ich will davon nicht mehr sehen als die Bewegung Ihrer Hand.«

»Einverstanden, Señora.«

»Also, kommen wir jetzt auf Amatista und Mariolina zurück. Wir hatten die jungen Mädchen im Bett verlassen, wo sie, beide ohne Schlüpfer, an ihrem Schamhaar zausen und sich ab und zu gegenseitig die Knospe berühren, während Mariolina berichtet, was sich zwischen ihr und ihrem Cousin abgespielt hatte.«

»So ist es, Señora.«

»›Dann ließ Hernán die Falter Falter sein‹, fuhr Mariolina fort, ›und setzte sich in den großen Sessel neben der Uhr vom Großvater. Im Haus herrschte absolute Stille, alle hielten Siesta in ihren Schlafzimmern. Hernán sagte, ich solle mich auf seinen Schoß setzen.‹

›Und, hast du das gemacht?‹

›Ja, klar, das habe ich doch immer gemacht. Vergiß nicht, daß Hernán ein paar Jahre älter ist als ich. Ich bin für ihn immer die kleine Cousine gewesen. Es war der erste, der merkte, daß mir Brüste wuchsen, schon als sie noch ganz klein waren.‹

Die beiden Mädchen brachen in Gelächter aus.

›Sei still, Amatista, ich habe draußen wieder etwas gehört‹, sage Mariolina und drückte auf Amatistas Knospe, als sei das ein Mittel, sie zum Schweigen zu bringen.

›Ich höre nichts, Mariolina‹, sagte Amatista, nachdem sie eine Weile die Ohren gespitzt und Mariolinas Hand sanft beiseite geschoben hatte, weil ihr der Druck zu stark war. Mariolina nahm ihre Hand aus dem Inneren der zarten Rose und legte sie über den ganzen äußeren Teil, als wolle sie die Rose vor irgendwelchen Blicken schützen. Dann bewegte sie ihre Handfläche kreisförmig.

›Was machst du denn da?‹ fragte Amatista verblüfft.

›Gefällt es dir?‹ fragt Mariolina.

›Ich wünschte, du würdest die Hand nie

wieder wegnehmen, Mariolina, und immer, immer weiter machen. Hat dir das auch Hernán beigebracht?‹

›Nein, Amatista, das habe ich ihm beigebracht. Das heißt, ich habe ihm beigebracht, es bei mir zu machen. Ich habe es hier gelernt, von einem Dienstmädchen.‹

›Das war bestimmt das Küchenmädchen.‹

›Woher weißt du das?‹ fragte Mariolina, während sie Amatistas Hand führte, damit sie es ihrer eigenen Hand nachtäte.

›Weil sie weich ist und weiß wie Milch, mit Sommersprossen auf Wangen und Brüsten.‹

›Ach so. Weißt du, ich habe nie gern Siesta gehalten. Wenn alle im Haus schliefen, ging ich in die Küche und sah Juana (sie hieß Juana) zu, wie sie den Boden wischte. Ich war noch klein, Amatista, und ganz verblüfft, als Juana, die auf den Knien lag und den Boden mit einem Lappen trocken rieb, eines Tages plötzlich sagte: ›Hör mal Kleine, von hier aus kann ich deinen Schlüpfer sehen.‹ Ich zuckte mit den Schultern und wollte aus der Küche gehen, da sagte Juana: ›Komm her zu mir, ich will etwas Schönes mit dir machen.‹ Sie ließ ihr Putzzeug stehen und setzte sich auf einen Stuhl. ›Komm nur‹, beharrte sie. Ich ahnte nicht, worum es ging, aber irgend etwas zog mich hin zu Juana, die rot geworden war und keuchte. Als ich nahe genug bei ihr war, schob sie eine Hand unter meinen Rock und packte mit der ganzen Hand mein du weißt schon und fing an, das zu machen, was ich jetzt bei dir mache.‹

›Aber, über der Unterhose?‹

›Klar. Und so auch.‹

Mariolinas Hand hörte mit den kreisförmigen Bewegungen auf und begann mit kräftigen Auf- und Abbewegungen. Amatistas Hand tat es ihr nach. Die jungen Mädchen schwiegen eine Weile, bis sie sich beide entschlossen, die Hand fortzunehmen und weiter zu erzählen.

›Und du hast Hernán das beigebracht?‹

›Sicher, warum nicht. Ich befolgte Mamas Verbot, mir die Knospe anzufassen, und außerdem brauchte ich mich nicht auszuziehen, und es war nicht so gefährlich, falls jemand käme. Hörst du was?‹

›Nein, Mariolina. Außerdem liegen wir im Bett und sind gut zugedeckt.‹

›Aber Mama könnte böse werden, wenn sie merkt, daß wir immer noch wach sind. Sie sagt, die Nacht sei zum Schlafen da. Naja, wir können ja leise reden und uns das Kichern verkneifen. Ich setzte mich also auf Hernáns Schoß, wie immer, und er befühlte meine Brüste, um zu sehen, ob sie seit unserem letzten Treffen gewachsen waren. Sie waren nicht sehr gewachsen, aber Hernán meinte, es sei eine Frage der Geduld.‹

›Und dann?‹

›Dann schob er seine Hand unter meinen Rock und drückte mich da, du weißt schon wo.‹

›Das war ja schon ein paarmal vorgekommen, nicht wahr?‹

›Ja, aber diesmal war Hernán anders. Er stöhnte an meinem Ohr und fragte, ob ich es ihm erlaube. Ich wußte nicht, was ich ihm erlauben sollte, aber ich sagte für alle Fälle ja.‹

›Und was tat er?‹

›Er schob einen Finger unter meinen Schlüpfer, entdeckte meine Haare, beglückwünschte mich und berührte mich da, wo Mama es mir verboten hat. Oh, Amatista!‹

›Was ist?‹

›Du streichelst meine Knospe genau wie Hernán.‹

›Streichel du mich auch, damit die kleine Welle kommt.‹

Die jungen Mädchen verstummten, die Finger liebkosten die Knospen. Sie streichelten und streichelten und stöhnten, und schon kam die kleine Welle, und gleich darauf schliefen sie ein. Auf der anderen Seite der Tür bewegte sich wieder etwas, die Mädchen hörten es jedoch nicht mehr. Es war der Besucher, der die ganze Zeit durch das Schlüsselloch gespäht hatte und sich dabei so kräftig einen runterholte, daß er aus Versehen gegen die Tür gestoßen war. Erschreckt knöpfte sich der Besucher – es war niemand anders als Pierre, der Stallbursche, als Heranwachsender, bevor er Amatista kennengelernt hatte – seine Hose zu und rannte zur Treppe, um so schnell wie möglich aus dem Haus zu kommen und in seinem Winkel im Stall weiter zu masturbieren.

Amatista und Mariolina schliefen fest bis zum nächsten Morgen, als ein Sonnenstrahl sie weckte und der Gesang der Vögel und das Geräusch der Wasserpumpe, die ein Dienstmädchen betätigte. Schnell holten sie ihre Schlüpfer unter den Kissen hervor und zogen sie an, dann sprangen sie aus dem Bett, wuschen sich das Gesicht mit Wasser aus einer Waschschüssel und zogen sich an.

›Eine Waschschüssel, wie seltsam‹, sagte Amatista.

›Sie hat meiner Großmutter gehört, und wir haben sie aufgehoben, weil sie so hübsch ist‹, erklärte Mariolina.

Während sie die weiten Röcke ihrer Kleider über den gestärkten Unterröcken glattstrichen, fragte Amatista:

›Wann kommt dein Cousin wieder, Mariolina?‹

›Nächsten Sonntag, Amatista.‹

›Wie schön, da bin ich auch hier. Mama hat gesagt, daß wir nächsten Sonntag auch herkommen wollen. Sag mal, Mariolina, stimmt es, daß du, wenn du erwachsen wirst, dich in einen Herrn mit Monokel verwandelst?‹

›Das ist völlig falsch, Amatista. Ich werde zu einer wunderschönen Frau heranwachsen. Wer zum Monokelkavalier heranwachsen wird, ist mein Cousin.‹

›Was für ein ulkiger Irrtum. Komm, wir gehen frühstücken, Mariolina.‹

Soweit, Doktor. Bei der nächsten Sitzung werde ich Ihnen erzählen, wie Hernán sich mit den beiden jungen Mädchen allein traf und ihnen beibrachte, mit seinem Glied zu spielen.«

»Es wird mir ein Vergnügen sein, Señora. Aber jetzt ziehen Sie sich bitte den Schlüpfer aus und stützen Sie Ihre Hände auf das Bett.«

»Sofort. Sind Sie auch ganz ruhig, Doktor?«

»Vollständig ruhig und erigiert, Señora.«

»Sie dürfen nicht aufgeregt sein, Doktor. Aufregung untergräbt die Ausdauer.«

»Ich weiß, Señora.«

»Sie können ihn jetzt einführen. Phantastisch, dieser langsame Anfang, Doktor. Diese Stellung ist besonders erregend für die Klitoris.«

»Ja, Señora. Ist es gut so, Señora?«

»Gut ist untertrieben. Es ist *sehr* gut so. Jetzt ziehen Sie bitte Ihr Glied zurück, knien Sie sich hin und saugen Sie bitte an meiner Klitoris. So, ja, ausgezeichnet. Es erregt mich, und Ihnen hilft es, Ihre Ruhe wiederzufinden. Gut, richten Sie sich jetzt auf und dringen Sie wieder in mich ein. Können Sie mir die Klitoris mit der Fingerspitze massieren, während wir kopulieren? Ja, so, genau richtig. Seltsam, heute sage ich nicht Knospe, sondern Klitoris.«

»Warum, Señora?«

»Ich habe gerade entdeckt, daß es sehr gut klingt.«

»Señora, ich muß Ihnen sagen, es entzückt mich, daß Ihre Strümpfe heruntergerutscht sind und daß Sie die Schuhe noch anhaben.«

»Ja, Doktor, jetzt können Sie ein bißchen kräftiger vorgehen, sowohl wenn der Penis in die Vagina eindringt, als auch wenn der Finger die Klitoris massiert. Sie wissen ja, immer abwechseln zwischen zarter Berührung und kräftigem Druck.«

»Ja, Señora.«

KAPITEL SIEBEN

»Bei diesem zweiten Ausflug nach Tigre erscheint mir alles noch viel schöner, Señora. Die Frühlingsluft ist einfach berauschend.«

»Ja, Doktor. Es freut mich, daß wir diesmal nicht das alte Taxi-Boot genommen haben, sondern dieses altertümliche Ausflugsboot. Obwohl die Spielregel heute die Masturbation während der Schiffahrt untersagt. Haben Sie Ihre Badehose eingepackt?«

»Ja, Señora, so, wie Sie gesagt haben.«

»Wir werden uns auf dem Steg in die Sonne legen. Matten können wir uns aus dem Haus mitnehmen.«

»Werden wir uns zum Sonnen die Badesachen ausziehen können?«

»Nein, Doktor, es könnte ein Versorgungsschiff vorbeikommen oder ein Boot, das Stämme geladen hat. Aber die Schiffe werden uns nicht allzusehr stören, denn dieser Seitenarm wird weder von Schnellbooten noch von Frachtschiffen befahren. Sehen Sie nur, wie schön die Glyzinien blühen.«

»Sie sind wunderschön. Señora, Sie haben

mir noch nicht gesagt, nach welchen Spielregeln wir uns richten werden, sobald wir in dem Haus angekommen sind.«

»Während der Überfahrt werde ich Ihnen die Geschichte von Amatista, Mariolina und deren Cousin weiter erzählen. Sie werden sich trotz Erektion zusammennehmen müssen. Auch wenn Ihr Penis noch so hart ist und noch so sehr steht, und verzeihen Sie die vulgäre Ausdrucksweise, dürfen Sie ihn nicht berühren, nicht einmal durch den Stoff der Hose. Sobald wir in dem Haus angekommen sind, werden Sie Hosen und Unterhosen ausziehen, und gemeinsam werden wir Ihr erigiertes Glied bewundern. Dann werde ich Ihnen in die Badehose helfen, denn mir ist es erlaubt, Ihren Penis zu berühren. Ich bin heute zuständig für Ihre Masturbation, ja, Doktor, so oft, wie es an diesem Tag auf der Insel angezeigt ist.«

»Ihr Vorschlag findet mein Gefallen. Wird es schließlich noch zum Koitus kommen, Señora?«

»Ja, Doktor, sobald es dunkel wird.«

»Ihre Brustwarzen zeichnen sich unter dem dünnen Stoff Ihrer Bluse ab, Señora.«

»Sie dürfen sie leicht berühren, wenn ich Sie später am Steg masturbiere. Ich werde also jetzt die Geschichte von Amatista und Mariolina weitererzählen, während wir durch die bräunlichen Gewässer des Deltas gleiten.

Am folgenden Sonntag waren an dem Tisch im Landhaus die gleichen Personen versammelt wie am Sonntag zuvor, dazu Amatista und ihre Mutter. Es war Hochsommer. Vormittags planschten und schwammen die Kinder und die jungen Mädchen im Bach: Amatista, Mariolina und die kleinen Geschwister von Mariolinas Cousin. Ihr Cousin selbst jedoch nicht, denn er war schon zu groß. Er hielt sich den ganzen Vormittag über hinter einem Baumstamm versteckt, begaffte die Brüste der Mädchen, die sich unter dem Stoff der nassen Hemdchen abzeichneten, und masturbierte, was das Zeug hielt.

Endlich war es Zeit zum Mittagessen. Die Mädchen gingen in ihre Zimmer, um die Wäsche zu wechseln. Vor dem Spiegel verglichen Amatista und Mariolina ihre nackten Körper, bis sie zum Essen gerufen wurden. Während sich die Erwachsenen in unverständliche Gespräche vertieften, verschlang Hernán die jungen Mädchen mit seinen Blicken, und diese wiederum kicherten unaufhörlich. Endlich wurde der große Pudding mit Chantilly-Sauce und Katzenzungen aufgetragen und der Kaffee serviert. Danach zogen sich die Erwachsenen zurück und ebenso Hernáns kleine Geschwister, die sich jedoch heimlich hinter einer Tür versteckten, um durch das Schlüsselloch zu gucken. Die beiden Mädchen und Hernán blieben im

Speisezimmer und vertieften sich in ein Briefmarkenalbum. Ernst und schweigsam saßen die jungen Leute auf einer Couch in der Ecke des Speisezimmers, bis sie sicher waren, daß alle Erwachsenen sich zur Siesta in ihre Räume zurückgezogen hatten und sich niemand mehr im Untergeschoß aufhielt. Da verließen sie das Eßzimmer und setzten sich auf die überdachte Terrasse, wo es schattig war und kühl.

›Auf jedem Schenkel eine Reiterin, wie fändet ihr das?‹ fragte Hernán.

Die beiden Mädchen ließen sich das nicht zweimal sagen, und Hernán begann, seine Oberschenkel unter den Sitzflächen der Mädchen in schwingende Bewegungen zu versetzten. Wenn ich von der Sitzfläche spreche, Doktor, dann meine ich den Teil des Körpers, den wir Frauen beim Sitzen belasten, und zwar vor allen Dingen dann, wenn wir uns im Reitersitz auf irgend etwas niederlassen: die Hinterbacken und der ganze Teil unterhalb der Scheide, ich weiß bei dem weiblichen Organ nie genau, wo der eine Teil beginnt und der andere endet, Doktor. Was ich allerdings sicher weiß, ist, daß durch eine leichte Gewichtsverlagerung nach vorne und nach hinten, bei der man mit der Sitzfläche gegen eine Unterlage drückt oder sich von ihr löst, sowie durch begleitende Muskelkontraktionen und Entspannung die gleiche Wirkung erzielt werden kann wie durch eine Masturbation und daß diese Art der Selbstbefriedigung bei ausreichend motivierten weiblichen Wesen durchaus zum Höhepunkt führen kann. Stellen Sie sich all das vor, und dazu die Vibrationen, die von Hernáns Schenkel ausgingen. So ließ Mariolinas kleine Welle auch nicht lange auf sich warten, und sie beschloß, sich auszuruhen, während Amatista den fröhlichen Ritt noch zu einem guten Ende brachte. Als Amatistas kleine Welle kam, konnte sie einen leisen Schrei nicht unterdrücken, und dann, ganz rot im Gesicht, sagte sie:

›Ach, war das lecker.‹

Mariolina und Hernán fanden es so komisch, daß Amatista von der kleinen Welle sprach, als handele es sich um eine Crème-Torte, daß sie in lautes Gelächter ausbrachen.

Hier will ich jetzt vorläufig abbrechen, Doktor. Lassen Sie sich vom Anblick der Landschaft ablenken. Wenn wir zurück im Haus sind, machen wir weiter.«

»Das kommt mir sehr gelegen, Señora.«

»So, da wären wir, Doktor. Eben, als ich die Haustür mit den Schlüsseln aufschloß, die mir die Hausbesitzerin überlassen hat, nahm ich diesen besonderen Geruch der lange leerstehenden Häuser in Tigre wahr: eine

Mischung von Moder, Geißblatt und Mückenspray.«

»Es ist wirklich wundervoll, wie es hier nach Geißblatt riecht. Wie dieser Duft wohl eingedrungen sein mag?«

»Ganz einfach: er kam mit uns herein, als wir die Türe öffneten. Jetzt bitte ich Sie, sich Hose und Unterhose auszuziehen, damit ich Ihnen in die Badehose helfen kann. Sehr hübsch ist sie, mit einem aufgestickten Anker!«

»Ja, Señora. Ich habe mich jetzt wunschgemäß ausgezogen, ohne meinen Penis auch nur berührt zu haben . . . «

» . . . obwohl er mächtig erigiert ist.«

»Obwohl er mächtig erigiert ist, wie Sie richtig bemerken, Señora.«

»Heben Sie bitte den einen Fuß, Doktor, damit ich Ihnen die Badehose anziehen kann. Gut so, jetzt den anderen. Aber bevor ich sie ganz hochziehe, werde ich ihn mit Ihrer Erlaubnis lutschen, Doktor, und verzeihen Sie mir das brutale Wort, es geht einfach schneller, als wenn man sagt: ›Ich werde Ihren Penis in den Mund nehmen und dann saugende Bewegungen machen.‹«

»Tun Sie, was Ihr Herz begehrt, Señora.«

»Ausgezeichnet, Doktor, Sie haben sich immer noch gut unter Kontrolle, und Sie bewahren Ihren Samen für die Dämmerung auf. Jetzt ziehen wir die Badehose hoch.«

»Mit welchem Zartgefühl Sie doch mein erigiertes Glied berühren, Señora, während Sie mir die Hose anziehen, und jetzt wieder, durch den Stoff hindurch.«

»Ich muß Sie zu Ihrem Fortschritt beglückwünschen, Doktor. Jetzt nehmen wir diese Matten und gehen zum Steg. Dort werde ich Ihnen erzählen, was die Mädchen und Hernán nach dem Ritt so trieben.«

»Jetzt, da wir bequem in der Sonne liegen, werde ich mit der Geschichte fortfahren. Hernán, Amatista und Mariolina gingen zum Ufer jenes Goldfischteiches im Schatten der hohen Eukalyptusbäume. Dort hockten sich die drei nieder und taten, als beobachteten sie die Fische. Hernán nutzte die Gelegenheit, sich die Hose aufzuknöpfen und den Mädchen seinen erigierten Penis zu zeigen. Sie schauten, berührten, versuchten, den Umfang zu messen, indem sie Daumen und Zeigefinger zum Ring schlossen, und als Hernán schließlich ejakulierte, floß der Samen über die Hände der Mädchen, denn in diesem Augenblick streichelten sie ihn gerade beide.

Überlassen wir jetzt die jungen Leute ihren Spielereien, Doktor, während ich mich um Ihren erigierten Penis kümmere. Möchten Sie, daß ich Ihnen einen runterhole?«

»Ich bitte darum, Señora.«

»Während ich Sie masturbiere, möchte ich noch etwas ergänzen, was ich vorher ausließ: Als Amatista sich bar jeder Erfahrung, jedoch mit wunderbarer Intuition an Hernáns Glied zu schaffen machte, setzte sich Mariolina neben sie, schob ihr die Hand unter den Rock und unter den Schlüpfer und tastete mit ihrem Finger nach der Rosenknospe, der Klitoris. Wie gut klingt das Wort ›Klitoris‹. Es ist ein geschmeidiges, schlüpfriges Wort. Die Silbe ›Kli‹ am Anfang des Wortes ist ein phantastischer Treffer. Kli. Kli. Man könnte sie als Verkleinerungsform, als Kosenamen für diesen Körperteil der Frau verwenden. Auch der ganze Name gefällt mir, das Wort ›Klitoris‹. Es könnte ein Frauenname sein.«

»Ihre Worte bereiten mir ebensoviel Vergnügen wie Ihre Hand, Señora.«

»Es könnte der Name einer Blume sein. Amatista masturbierte also Hernán, und Mariolina masturbierte Amatista. Mariolina hatte noch eine Hand frei (Amatista auch, aber das spielt im Moment keine Rolle). In vollendeter Abstimmung der Bewegungen begann Mariolina Amatistas Hand um den Penis von Hernán zu begleiten, während die andere Hand in Amatistas Rose das ganze Repertoire von Liebkosungen und Reibungen durchspielte. Als die perlende Flüssigkeit sich über die Mädchenhände ergoß, überkam

Amatista ihre kleine Welle. Und dann übernahm es Hernáns Hand, Mariolina zu liebkosen und zu reiben, bis auch sie ihre kleine Welle überkam.

So, Doktor, ich ziehe meine Hand jetzt zurück und lasse ihn in seinem erigierten Zustand. Vergessen Sie nicht, mit diesen unvollendeten Masturbationen ...«

»Ja, ja, ich weiß, Señora.«

KAPITEL ACHT

»So, Doktor, da wären wir wieder, im Nachtclub Las Violetas. Da dies unsere letzte Begegnung ist, würde ich gerne von Ihnen hören, welchen Eindruck Sie von unserem gemeinsam zurückgelegten Weg haben.«

»Ich würde Ihnen die Antwort lieber später im Hotelzimmer geben, Señora. Ein erigierter Penis sagt mehr als alle Worte.«

»Sie können mir später im Hotelzimmer mit Ihrem Penis alles sagen, was sie wollen, Doktor, aber jetzt will ich gerne Ihre Einschätzung hören, bei einem ruhigen Gespräch, mit einem Cocktailglas in der Hand.«

»Gut, dann möchte ich Ihnen vor allen Dingen eines sagen: Ich kann glauben wie ungeschickt ich war, als ich Sie kennenlernte.«

»Ausbildung ist alles, Doktor. Ein Mann, der so achtlos seinen Saft verspritzt, sei es in seine eigene Hand oder in eine Frau, ist wie ein Wolfskind im Urwald, das, allein vom Instinkt geleitet, seine Grundbedürfnisse befriedigt. Erst die Erziehung macht aus ihm nach und nach einen Kavalier mit Monokel, der im Zug von Jalta nach Sankt Petersburg reist, nachdem er in Jalta eine in Tränen aufgelöste Frau zurückgelassen hat.«

»Ja, Señora.«

»Was können Sie noch zu unserem Unterricht sagen?«

»Daß ich Ihre Beständigkeit und Gelassenheit bewundere, Señora. Mehr als einmal haben Sie auf Ihr eigenes Vergnügen verzichtet, um Ihre Belehrungen nicht zu unterbrechen.«

»Das war die einzige Möglichkeit, Ihnen, und ein paar Sitzungen später auch mir, ein ausdauerndes Vergnügen zu garantieren, Doktor. Ich möchte ein für alle Mal mit der veralteten Überzeugung aufräumen, daß Lust nur durch Leidenschaft entsteht. Sie entsteht auch bei der gelassenen, kontrollierten Umsetzung dessen, was man sich mit Worten vemitteln kann.«

»Señora, werden Sie mir heute abend im Zimmer das Ende der Geschichte von Amatista erzählen?«

»Das Ende nicht gerade, denn die Geschichte von Amatista ist noch nicht zu Ende. Ich wollte auf die Zeit zurückkommen, als Amatista gerade heiratsfähig geworden war, und Sie mit Hernán bekannt machen, denn in dem letzten Kapitel werden wir den drei jungen Leuten begegnen, als sie sich Jahre später in der Bar im neunzehnten

Stockwerk des Comega-Gebäudes zu einem Cocktail trafen.«

»In der Bar des Comega?«

»Warum nicht? Aus den Fenstern der Bar hat man einen herrlichen Blick über Buenos Aires und den Fluß. Amatista, Mariolina und Hernán trafen sich dort, um in der Erinnerung an ihre Jugendstreiche zu schwelgen, anschließend gingen sie in Hernáns Apartement und spielten ihre erotischen Spiele. Trinken Sie Ihren Cocktail aus, Doktor, und lassen Sie uns aufbrechen. Wann fahren Sie in Ihre Heimatprovinz zurück?«

»Morgen abend.«

»Ich hoffe, meine Lehren werden Ihnen behilflich sein, das Zusammenleben mit Ihrer Ehefrau lustvoller zu gestalten.«

»Das wird mit Sicherheit der Fall sein, Señora.«

»Ach, wenn ich daran denke, daß wir nun zum letzten Mal dieses Zimmer betreten, Señora, wo ich in Ihrer faszinierenden Gesellschaft so viel dazugelernt habe!«

»Werden Sie mich vermissen?«

»Selbstverständlich, und Amatista und ihre Freunde auch.«

»Wir werden bei Ihnen sein, wann immer Sie wollen. Und nicht nur in Ihren Träumen oder Phantasien; wenn Sie nach Buenos Aires kommen, rufen Sie mich an. Dann verabreden wir uns, und Sie berichten mir von Ihren Fortschritten.«

»Ja, Señora. Was haben wir heute für Spielregeln?«

»Heute gibt es keine Spielregeln, mein lieber Doktor. Ich lade Sie ein zu einem nackten, lustvollen Beisammensein.«

»Ich habe das Gefühl, daß Sie heute ganz gelöst waren, Doktor.«

»Ja, gelöst ist das richtige Wort. Wie wir uns umarmten, uns aneinanderschmiegten, uns auf den Rücken legten, die Arme ausstreckten, um gegenseitig unsere Genitalien zu berühren, zuzusehen, wie sie sich auf mich setzten und zu spüren, wie Sie mein erigiertes Glied an den Eingang des verlockenden Tunnels führten, um den Ritt zu beginnen ... «

» ... und dann auf dem Rücken zu liegen, zu ruhen und Unsinn zu reden ... «

» ... der Geschichte von Amatista weiter zu lauschen, während Ihre Hand mein Schamhaar krault und dabei scheinbar unabsichtlich meinem schlafenden Penis immer näher kommt ... «

» ... der sehr schnell munter wird, als ich mich über ihn beuge und ihn mit einer Flut von Küssen bedecke ... Ich habe Ihnen erzählt, daß Amatista und Hernán sich im Nachtclub des neunzehnten Stockwerks im

Comega zu treffen pflegten. Eines Tages kam Amatista in Begleitung eines jungen Mannes in die Bar ... Ja, Sie haben es erraten, unnötig, es noch zu sagen, es war Pierre, der Stallbursche. Ebensowenig brauche ich noch zu sagen, daß die vier jungen Leute, nachdem sie ihre Cocktails getrunken und ein Weilchen Unsinn – sinnlichen Unsinn – geredet hatten, in Hernáns Apartement gingen, wo sie es sich in den Sesseln bequem machten, jeder mit seinem Whiskyglas in der Hand – ein goldener Schimmer über dem Eis – und folgendes Gespräch begannen:

›Merkwürdig, Pierre, daß Hernán und ich dich nicht schon früher kennengelernt haben, obwohl du doch so eng mit Amatista befreundet bist‹, sagte Mariolina.

›Ich war mit meinem Flugzeug unterwegs‹, versetzte Pierre, der jetzt nicht – und auch später nie – zugeben wollte, daß er sich heimlich Zutritt zu Mariolinas Landhaus verschafft hatte, damals, als er noch Stallbursche war und die beiden Mädchen durch das Schlüsselloch beobachtet hatte. Das Kloster lag nämlich in der Nähe des Landhauses von Mariolinas Familie, und mehr als einmal war Pierre auf einen Baum geklettert und hatte, verborgen im Laubwerk, den Spielereien von Amatista, Mariolina und Hernán am Goldfischteich zugeschaut.

»Ach so, jetzt verknüpfe ich die Fäden allmählich, Señora.«

»Na so etwas, Doktor, das ist ja lustig. Es scheint, als wollten Sie sich noch am Gespräch der vier jungen Leute beteiligen.«

»Aber nein, Señora. Ich spreche ausschließlich mit Ihnen.«

»Sehr gut. ›Ich war nämlich mit meinem Flugzeug unterwegs‹, antwortete Pierre.

›Pierre, ist dein Penis erigiert?‹ unterbrach Amatista.

›Frag nicht so dumm, Amatista‹, sagte Mariolina. ›Siehst du denn nicht, daß er seine Hose aufgeknöpft und die Hand in den Schlitz geschoben hat? Warum wohl, wenn nicht, um seinen erigierten Penis zu streicheln.‹

›Enschuldige, Pierre, aber ich habe dich so vermißt, seit du mit deinem Flugzeug weggeflogen bist. Erlaubst du?‹, fragte Amatista, stellte ihr Glas auf ein Tischchen, erhob sich aus dem Sessel, streifte sich schnell den Schlüpfer ab, ließ ihn auf den Teppich fallen und setzte sich, den Rücken Pierre zugewandt, auf dessen Schoß. Natürlich führte Pierre, noch während sie sich setzte, sein Glied ein, und sie mußte ihr Becken nur noch langsam senken, damit er tief in sie eindringen konnte. Für kurze Zeit kam die Unterhaltung zum Erliegen. Amatista bewegte sich auf und ab, unterstützt von

Pierre, der sie mit einer Hand um die Hüfte faßte, während er in der anderen immer noch das Glas hielt. Nach einigen Bewegungen begann Amatista leise zu stöhnen. Dann wurde ihr Stöhnen immer heftiger, bis sie zum Höhepunkt kam und ihre Seufzer leiser wurden und ganz verstummten. Zuvorkommend half ihr Hernán, sich zu erheben, hob ihren Schlüpfer vom Teppich auf, reichte ihn ihr, damit sie ihn anziehen konnte, und als Amatista es sich wieder auf ihrem Sessel bequem gemacht hatte, gab er ihr ihr Glas. Er hatte Eiswürfel und etwas Whisky nachgefüllt. Danach setzte er sich, und die Unterhaltung kam wieder in Gang.

›Du hattest uns gerade erzählt, daß du mit deinem Flugzeug unterwegs warst, Pierre‹, sagte Mariolina mit leicht gerötetem Gesicht und etwas keuchendem Atem, denn sie konnte den Blick nicht von Pierres Penis abwenden, der noch immer nackt und ungeniert in die Höhe ragte.

›Ja, ich bin mit meinem Flugzeug an den Stränden der Karibik gewesen.‹

›Hilfst du mir aus meinem Schlüpfer?‹ fragte Mariolina.

›Aber natürlich, entschuldige‹, versetzte Pierre und erhob sich aus seinem Sessel. In der Eile hatte er vergessen, seine Hose zuzuknöpfen, und sie fiel gleichzeitig mit der Unterhose zu Boden. Hernán fragte sich zwar, warum auch die Unterhose heruntergerutscht war, die Mädchen jedoch waren so von der gravitätischen Schönheit des erigierten Penis in Bann geschlagen, daß sie sich gar nichts fragten.

Pierre hob einen Fuß nach dem anderen und ließ seine Wäsche einfach auf dem Teppich liegen. Er näherte sich Mariolina, die nur vom Gürtel aufwärts bekleidet war.

›Möchtest du dich vielleicht auf diesem Kissen ausstrecken?‹ fragte Pierre, während er Mariolina half, sich den Schlüpfer auszuziehen. Mariolina ließ sich rücklings auf die Kissen gleiten und bot Pierre ihre offene Rose dar.

›Moment‹, sagte Hernán. ›Warum sollten wir so impulsiv und planlos vorgehen, als seien wir noch Kinder? Ich schlage vor, wir nehmen unser Plätze wieder ein und machen einen Plan.‹

›Eine gute Idee, Hernán, aber wir sollten uns erst noch nackt ausziehen‹, antwortete Amatista.

Das ließ sich keiner zweimal sagen. Die vier jungen Leute legten ihre Kleidung ab und setzten sich wieder in ihre Sessel, jeder mit seinem Glas in der Hand.

Nachdenkliches Schweigen trat ein, während alle sanft masturbierten.

›Ich schlage folgende Anordnung vor‹, sagte Hernán, der dabei seinen eindrucksvollen Phallus mit der ganzen Hand umfaßt hielt. ›Pierre lutscht Mariolina . . . ‹

›Hernán!‹ rief Mariolina aus, ›wann wirst du es endlich lernen, dich anständig zu benehmen? Ich kann mir deinen Vorschlag gut vorstellen, ich habe nichts dagegen, einen Ringelreihen von Mündern und Genitalien mitzumachen, aber ich sehe schon kommen, daß du in deiner derben Art gleich viermal dieses plumpe Wort aussprechen wirst. Setz also bitte deinen Grips ein und drücke dich gewählter aus.‹

›Also gut‹, seufzte Hernán und machte einen neuen Versuch. ›Mariolinas Rose in Pierres Mund, Hernáns Phallus in Mariolinas Mund, Amatistas Rose in Hernáns Mund und Pierres Phallus in Amatistas Mund.‹

Alle hatten sogleich begriffen. Die jungen Leute bildeten einen Kreis auf dem Teppich, und als die ersten Takte von ›Estas cosas tontas‹ erklangen, der Platte, die Hernán gerade aufgelegt hatte, waren schon alle Münder und Genitalien in fröhlicher Runde miteinander beschäftigt. Als das Lied zu Ende war, trennten sich die jungen Leute wie auf Kommando behutsam voneinander. Man hörte heftiges Stöhnen, denn alle waren sehr erregt, doch niemand war zum Höhepunkt gekommen. Sie warfen sich auf die Sessel, und es dauerte eine Weile, bis sie sich entspannt hatten. Hernán war der erste, der seine Gelassenheit wiederfand und sich in der Lage fühlte, die Gläser auf dem Tischchen mit Whisky und Eis aufzufüllen.

›Mir gib bitte Mineralwasser, Hernán‹, bat Mariolina.

›Und ich will nur einen kleinen Schluck, dann gebe ich dir das Glas zurück‹, sagte Amatista.

›Wie findet ihr denn meinen Vorschlag?‹ fragte Pierre.

›Mariolina liegt auf dem Rücken auf dem Teppich, ich liege zwischen ihren Beinen, mit dem Gesicht zu ihr, ich dringe in sie ein und lecke gleichzeitig Amatistas Rose, sie steht neben mir und masturbiert ihrerseits Hernán, der neben ihr steht. Hernán hat die Hände frei, um Amatistas Brüste zu streicheln, Amatista . . .‹

›Nicht schlecht‹, unterbrach Amatista, ›aber es ist eine komplizierte Stellung, und die Möglichkeiten sind nicht voll ausgeschöpft.‹

›Es hat ja auch niemand gesagt, daß man immer alle Möglichkeiten ausschöpfen muß‹, antwortete Pierre ein wenig verschnupft.

›Entschuldige‹, sagte Amatista, ›aber ich bitte dich, Pierre, daß wir das Spiel zu viert ein Weilchen unterbrechen und daß statt dessen du in mich eindringst und wir bis zum Höhepunkt kopulieren, denn weißt du, du bist mit deinem Flugzeug lange unterwegs gewesen, und seit ich deinen erigierten Penis wiedergesehen habe . . . ‹

›Kein Wort mehr, Amatista‹, unterbrach Mariolina. ›Hernán und ich werden eurem Koitus ganz aus der Nähe zuschauen.‹

›So nahe, wie ihr wollt, Freunde‹, sagte Pierre.

›Komm, wir bereiten sie für ihren Akt vor, Mariolina‹, regte Hernán an.

Und bei bester Laune machten sie sich ans Werk.

Hernán war Amatista behilflich, sich rücklings auf dem Diwan auszustrecken. Er setzte sich neben sie auf den Teppich und wies sie an:

›Zieh die Knie an die Brust, Amatista.‹

Amatista tat wie geheißen, und Hernán spreizte ihr die Knie auseinander, bis das Innere der Rose sichtbar wurde. Mehrmals strichen Hernáns Hände über die Innenseite von Amatistas Schenkel. Dann fuhren seine Daumen über die Weichen, die Spitze seines Mittelfingers strich über die fleischigen Schamlippen, legte sich auf den Eingang des engen Ganges und glitt dann hinauf zu Amatistas pulsierendem Mittelpunkt, der süßen Klitoris.

Gleichzeitig spielte Mariolina mit dem Schamhaar Pierres, der an die Kissen gelehnt auf dem Teppich lag, sie liebkoste zart seine Hoden, nahm dann seinen Phallus in die

Hand und begann mit langsamen Auf- und Abbewegungen.

Endlich beendeten Hernán und Mariolina das Vorspiel und setzten sich rechts und links neben den Diwan, auf dem Amatista sich ausgestreckt hatte. So konnten sie den Koitus aus nächster Nähe sehen und gleichzeitig bequem masturbieren.

Und jetzt verlassen wir sie, lieber Doktor, beim letzten Akt dieser Geschichte. Pierre ist noch nicht in Amatista eingedrungen; eben gerade streicht die Vorderseite seines stolzen Phallus sanft über Amatistas Klitoris. Hernán und Mariolina können von ihren Plätzen aus genau sehen, wie der Penis sich bei dieser wundervollen Liebkosung auf- und abbewegt, und wie Amatistas Becken im Takt sanft mitschwingt. Mariolina und Hernán masturbieren in getragenem Rhythmus, während die ersten Takte des Liedes ›Wie tief ist doch der Ozean‹ erklingen.«

»Noch einen Eiswürfel, Señora?«

»Ja, bitte, Doktor.«

»Ich muß Ihnen noch sagen, Señora, daß ich Sie wirklich sehr vermissen werde.«

»Ich weiß, Doktor, aber der Erfolg des Kurses wird sich erst zeigen, wenn Sie alleine oder mit anderen Damen die gleichen Ergebnisse erzielen. Sogar mit Ihrer eigenen Ehefrau.«

»Aber sie versteht nichts davon . . . «

»Bringen Sie es ihr bei.«

»Aber Ihre Methode war doch, Señora, daß Sie mir etwas beibrachten.«

»Bringen Sie ihr bei, Sie etwas zu lehren.«

»Aber sie versteht nichts davon.«

»Da irren Sie sich, lieber Doktor. Sie versteht wohl etwas davon. Wollen wir uns jetzt mit einem deftigen, heftigen Koitus voneinander verabschieden?«

»Ich bitte darum, Señora. Soll ich gleich eindringen?«

»Ja, Doktor. Dringen Sie ein. Nicht zu langsam, aber kräftig und tief. Ziehen Sie sich dann sehr langsam und sehr sanft zurück und dringen Sie wieder tief und kräftig ein, ein wenig schneller als das erste Mal. Machen Sie immer weiter so, ich werde Sie mit den passenden Beckenbewegungen und Kontraktionen begleiten. Wenn Sie fühlen, daß der Höhepunkt naht, lassen Sie sich ruhig gehen.«

»Und wenn Sie Ihren Höhepunkt noch nicht erreicht haben, soll ich mich dann noch um Sie kümmern, Señora?«

»Nein, Doktor, nach Ihrer Ejakulation lassen Sie sich neben mich fallen, und ich masturbiere mich selbst. Nach dem Koitus werden wir nicht miteinander reden, wir werden uns einfach anziehen und hinausgehen, erst Sie und ein paar Minuten später dann ich. Mit Worten werden wir dann, wie Sie sicher schon erraten haben, in dem Nachtclub Las Violetas voneinander Abschied nehmen.«

KAPITEL NEUN

»Nun, sind Sie reisefertig, Doktor?«

»Ja, Señora. Ich muß um neun Uhr am Flughafen sein. Wie ich sehe, haben Sie einen Alexander bestellt.«

»Und wie ich sehe, können Sie Ihren Blick nicht von jener Tür im Hintergrund mit der Aufschrift PRIVAT wenden.«

»Señora, eine letzte Frage, bevor wir uns verabschieden: Wo stellte Pierre sein Flugzeug unter, wenn er es nicht benutzte?«

»In dem Hangar.«

»Natürlich, Señora.«

»Jetzt verabschieden wir uns, und Sie gehen auf die Straße hinaus, Doktor. Auf Wiedersehen.«

»Es war mir ein sehr großes Vergnügen. Auf Wiedersehen, Señora.«

Prickelnde Erotik

Susana Constante: *Fräulein Sonja*
Die Verwirrnisse beginnen in einem russischen Zugabteil und finden ihre exzentrische Fortsetzung auf einem Landsitz. Fräulein, Offizier, Gräfin, Priesterschüler, Kammerdiener und Sklave verlieren mehr und mehr die Contenance ...
Erotischer Roman. Fester Einband. 220 Seiten. **24,—** (00353)

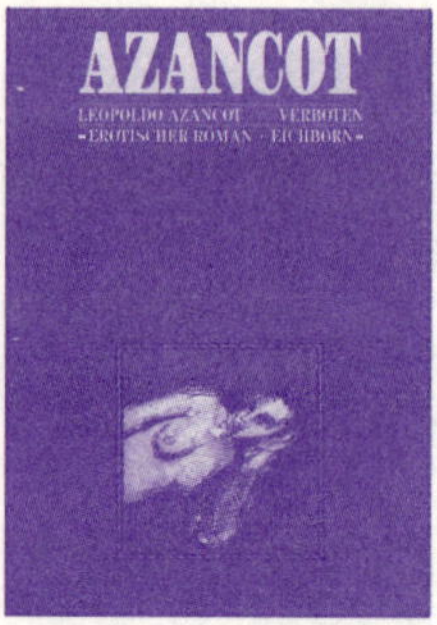

Leopoldo Azancot: *Verboten*
Eine spanische Variante zum »Kuß der Spinnenfrau«. Ein junger Terrorist findet Zuflucht bei einer feurigen Transvestitin. Die spontane Aversion weicht dem sexuellen Verlangen ...
Erotischer Roman.

160 Seiten. Fester Einband. **28,—** (00356)

Mercedes Abad:
Leichte sittliche Verfehlungen
Erotische Geschichten mit Hintersinn. Drastik und Dezenz wechseln miteinander ab. Der Mord durch Mißbrauch einer Champagnerflasche folgt dem Skorpion-Stich in die Scham der Gräfin, und zerdrückte Feigen schenken ungeahnte Wonnen.
160 Seiten. Fester Einband. **24,—** (00354)

In gleicher Aufmachung:

Louis Aragon: *Irène.*
Louis Aragons erotisches Meisterwerk. Albert Camus hielt *Irène* nicht nur für eine der erregendsten erotischen Geschichten, sondern für eine der schönsten Geschichten überhaupt. – Zweifarbig gedruckte Neuausgabe.
Fester Einband. **26,—** (00351)

EICHBORN

HANAUER LANDSTRASSE 175 · D-6000 FRANKFURT 1
TELEFON 0 69/40 58 78-0 · FAX 0 69/40 58 78-30

Der Freund meines Sohnes

Diana Raznovich
Der Freund meines Sohnes
Erotischer Roman
224 Seiten, fester Einband, 28,– DM
(0357-6)

In der gleichen hochwertigen Aufmachung wie Alicia Steimbergs »Amatista« ist jetzt der erotische Roman »Der Freund meines Sohnes« von Diana Raznovich erschienen.

Die Argentinierin Raznovich erzählt die Geschichte der siebenunddreißigjährigen Nashtenka und ihres jugendlichen Liebhabers.

Nashtenka, die gesittete Ehefrau eines angesehenen, hohen Militärs, wacht plötzlich aus diesem braven Leben auf und verbringt eine fesselnde, berauschende, in allen Einzelheiten beschriebene Liebesnacht mit dem siebzehnjährigen Freund ihres Sohnes.
Die Nacht endet auf dem Polizeirevier. Nashtenka kauft sich und den Jungen frei und feiert in einem Akt öffentlich gemachter Leidenschaft ihre neue Befreiung.

Diana Raznovich erhielt 1976 in Argentinien Schreibverbot, mußte ihr Land daraufhin für fünf Jahre verlassen und emigrierte nach Madrid, wo sie auch zur Zeit wieder lebt.

EICHBORN

HANAUER LANDSTRASSE 175 · D-6000 FRANKFURT 1
TELEFON 0 69/40 58 78-0 · FAX 0 69/40 58 78-30